밥상의 말

파리에서,
밥을 짓다 글을 지었다

《밥상의 말》

파리에서,
밥을 짓다 글을 지었다

초판 1쇄 발행 2020년 03월 16일
초판 2쇄 발행 2020년 07월 15일

지은이 목수정
펴낸이 전지운
펴낸곳 책밥상
디자인 Studio Marzan 김성미
등록 제 406-2018-000080호 (2018년 7월 4일)
주소 경기도 파주시 문발로 197 우편번호 10881
전화 031-955-3189 **팩스** 031-955-3187
이메일 woony500@gmail.com
블로그 https://blog.naver.com/woony500
인스타그램 https://instagram.com/booktable1

ISBN 979-11-964570-8-2 03810 ©2020 목수정

이 도서의 국립중앙도서관 출판예정도서목록(CIP)은 서지정보유통지원시스템
홈페이지(http://seoji.nl.go.kr)와 국가자료종합목록 구축시스템(http://kolis-net.nl.go.kr)에서
이용하실 수 있습니다. (CIP제어번호 : CIP2020009048)

밥상의 말

**파리에서,
밥을 짓다 글을 지었다**

목수정 지음

책밥상

밥 짓기의 기쁨과 슬픔

밥 짓기에 대한 이야기를 쓰자고 앉으니, 제일 먼저 나를 키워준 밥상들이 와락 달려들었다.

　엄마의 밥상은 유혹하길 거부하는 밥상이었다. 넘치지도 과시하지도 않으며, 흔들림 없이 단정한. 통깨를 뿌리거나 실고추를 얹는 것 같은 사소한 장식도 엄마는 질색하셨다. 그것은 장식도 속임수도 타협도 없이 언제나 본질로만 존재하고자 하셨던 엄마가 지은 세상이었다. 기교를 모르는 그 음식들은 당연한 듯 견고한 '맛'을 지니고 있었다. 간이 안 맞거나, 재료가 설익거나, 김밥 옆구리가 터지는 일은 없었다. 엄마는 실험실의 과학자 같은 진지함으로 요리를 하셨다. 마당이 있는 주택에 살 땐 장독에 엄마가 직접 메주를 띄워 담근 간장, 고추장, 된장이 있었다. 방부제가 들어 있을 법한 그 무엇도 식탁 위에 올라오지 않았다. 엄마는 그 고집스런 정직함을 차곡차곡 음식에 담아 3남매를 키우셨다. 그 어떤 타박도, 별스런 칭찬도 안하시고, 하셔야 할 모든 말씀을 음식에 새겨 우리에게 건네셨다. 그 신념과 정성으로 빚어진 음식들로 나는 자랐다.

외할머니의 밥상은 풍요의 식탁이었다. 단칸방에 사셨던 할머니의 부엌에선 언제나 들판에서 온 상냥한 풍요가 상을 채웠다. 들에서 캐 와 말린 나물들 4~5가지가 들기름 향을 풍기며 옹기종기 놓였고, 도토리를 따서 집에서 쑨 묵, 소쿠리 하나 가득 만들어서 손으로 집어먹던 쑥버무리, 깨강정, 식혜······. 할머니는 음식으로 축제를 만드는 사람이었다. 자연이 주는 것들로 손끝에서 풍요를 지으며 살아가는 할머니는 삶의 기쁨을 만들어주는 선물 같은 존재였고, 할머니를 통해 매일 선물 받는 복된 시간을 누렸다.

엄마가 되고, 세 사람을 위해 매일 밥 짓는 사람이 되었다. 먼 나라에 와서 엄마 노릇을 시작한 나의 음식들은 매번 흔들리는 맛이었다. 감자가 설익기도 하고, 국이 짜기도 했으며, 치즈 케이크는 허물어져 내리곤 했다. 엄마가 되면 당연히 엄마가 해주던 그런 음식들이 손에서 나오는, 그런 마술은 없었다. 그러나 요리에 소질이 없다고 물러설 수 있는 일이 아니었다. 요리란, 노동의 시기적 한정성이 없다는 면에서 출산, 육아와는 또 다른 차원의 가사노동이었다. 내 할머니와 어머니가 그리한 것처럼 혼신을 다해 여든이 넘도록 그 노동을 하겠노라 선택한 적 없으나, 살아 있는 한 벗어날 수 없는 노동이었다. 결국 밥하기는 인류가 먹고 살아야 하는 한 도망칠 수 없는 노동이라는 자각에서 고민과 갈등은 시작되었다. 이 책의 절반은 부엌이란 공간에서의 노동을 어떻게 받아들이고 자리매김할 것인가, 평등의 가치를 훼손하지 않고, 자연을 크게 거스르지 않으며 이 작은 공장을 어떻게 가동할까에 대한 부단한 몸부림의 기록이다.

부엌은 뾰족한 사회적 자아와 뜨거운 모성적 자아가 충돌하는 공간이었다. 나에게 한 편의 신화가 된 엄마와 할머니처럼, 내 아이의 몸에 차곡차곡 쌓여 그 아이를 성장시킬 음식들 속에서 나 또한 신화가 되고자 하는 욕망과, 이 반복적인 노동에 최소한의 시간만 투여하겠다는 냉정한 이성이 늘 씨름한다. 혼자 있을 때 소박한 국수 한 그릇으로 식사를 때우는 홀가분함이 좋다가도, 함께 먹을 가족이 있어 이것저것 요리를 할 에너지를 충전 받는 상황이 고맙기도 하다. 그러나 언제나 이기는 건 엄마의 마음이다. 나에게 언제 어디서든 건강한 음식을 챙겨 먹으며 살 것을 주문한 내 엄마의 마음, 따뜻함이 깃든 건강한 먹거리로 아이의 몸과 마음을 채우고자 하는 엄마가 된 나의 마음. 밥 짓기와 글짓기는 내 손이 행하는 주된 노동이다. 밥 짓기가 쌓여 글이 되고, 글짓기가 쌓여 또 나와 내 가족의 밥이 되는, 즐겁고도 정직한 순환의 경로를 확인한다.

식탁에 앉으면 창문 너머로 정원을 오가는 새들이 보인다. 농약을 살포하는 농촌을 피해 도시로 날아든 새들이 우리 집 정원에서 어떤 먹잇감을 구하는지 살핀다. 오후 5시만 되면 가장 높은 곳에 앉아 30분간 어김없이 콘서트를 여는 티티새. 그분이 오늘도 오셔서 이 동네 조류계를 대표하는 목청을 뽐내신다. 잘 지내신다. 요새도 지렁이를 구할 수 있는지, 열매라곤 맺히지 않는 겨울 정원에서 대체 뭘 먹고 저리도 아름다운 노래를 부르는 건지. 내년에도 저들은 살아 있을지. 점점 더워지는 지구에서 당신들은 괜찮으신지.

　11월 말이 되면, 도시 곳곳의 거리를 오색 조명등이 장식한다. 크리스마스가 되기까지 한 달간, 주민들이 성탄이라는 화려함에 젖어 들도록 시가 마련하는 배려다. 아이는 그 조명등에 분노하고 분통을 터뜨린다. 새들의 숙면을 방해하고, 지구가 한층 더 뜨거워지는 데 기여할, 인간의 무용하고 관습적인 허영을. 우리는 모두 연결되어 있음을 밀레니엄 이후 태어난 '그레타' 세대의 아이들은 피부로 느낀다. 지구와 자신들의 운명이 하나라는 걸.

　자본주의가 촘촘히 쳐놓은 그물망에 걸려드는 건 자잘한 고기 떼들만이 아니라 결국 인간 자체일 것이며, 그들이 소멸되는 날 인간도 같이 소멸된다는 걸 이 아이들은 직관한다. 땅, 어머니 지구를 괴롭히고, 거기서 난 모든 생명체들을 자본 증식의 도구로 학대하면서 우리는 끝없는 환란에 직면하고 있다. 전 지구촌을 휩쓰는 전염병의 주기적인 창궐은 바로 그 대가다. 우유 대신 두유를 먹기로 하며, 공장식 축산의 결과물은 거부한다. 땅을 학대하며 지어낸 모든 농산물은 소비하지 않는다. 유기농식품을 먹는 이유는 나와 내 가족, 그리고 지구의 모든 생명체가 건강한 유기체로 살아가길 바라기 때문이다. 책은 20여 년 전부터 조금씩 시작된 유기농 친환경 농축산물에 대한 절실한 생각들을 담고 있기도 하다.

아이는 매번 식탁에 앉을 때마다 가볍게 4번 두 손을 두드린다. 농사를 지은 농부에게, 식탁에 올라와 기꺼이 한 끼의 식사가 되어준 동물과 식물에게, 그리고 밥을 지어준 엄마에게 아이는 감사를 드리는 기도를 만들었다. 아이의 기도가 헛되지 않도록, 그 감사에 답하며 오늘도 밥을 짓는다. 그리고 글을 쓴다.

2020. 3. 8

파리에서 목수정

Chapter 2

◆ ◆ ◆ Meals at the Table 한 끼, 밥상을 차리는 말

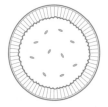

Chapter 3

◆ ◆ ◆ Thoughts with the Table 밥상 앞, 생명의 말

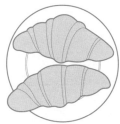

Chapter 1

◆ ◆ ◆

Memories of Table
밥상, 기억의 말

지치지 않는 기도,
엄마의 밥상

20대의 거의 모든 날, 나는 밤늦게 귀가했다.

대학에 들어갔던 해 3월 첫 주. 해가 벌겋게 떠 있는 오후에 귀가하면서 이토록 멀쩡하고 차분한 것이 대학 생활이라는 사실을 믿을 수 없었다. '록키 호러 픽쳐 쇼' 같은 광란의 낮과 밤들이 매일 펼쳐질 것을 기대하진 않았으나, 고난의 세월 끝에 도달한 그곳엔 다채로운 인생의 무지개가 내 앞에 당도하여 신나는 모험 속으로 빨려 들어갈 줄 알았다. 정류장에 버스가 날 떨군 후, 터덜터덜 집으로 향하는 언덕을 오르며 창백한 낮달을 보았다. 그 낮달 아래 아무 일탈도 없이 얌전히 흘려보낸 하루를 원망하는 내가 있었다. 그 허탈한 대낮 귀가는 입학 닷새째 되는 날 막을 내렸다.

정확히 3월 8일부터 같은 과 남학생과 연애를 시작한 후 매일 밤, 달을 보며 그 언덕을 올랐다. 함께 노래패에 들어가 노래를 배우고 청담동까지 가서 중딩들 과외를 하고 난 후 집 밖에서 날 기다리던 남친과 그 일대를 배회했다. 우리의 머릿속을 빨갛게 물들이는 것이 생존의 이유인 것처럼 보이던 선배들의 또 다른 주입식 교육에 이리저리 끌려다니느라, 혹은 피해 다니느라, 도발적 발언으로 판을 깨느라, 혹은 깨져버린 판을 수습하느라……

가끔은 공부를 해 볼 요량으로 빈 강의실과 까페, 도서관 빈자리를 전전하기도 했다. 시간이 남으면 학교 앞 두 군데 동시 상영관에서 영화를 보며 교양을 넓혔고, 다른 대학에 간 그와 나의 친구들을 찾아다니며 수도권 대학을 순례하거나 한강변을, 남산을 오르며 내가 몰랐던 세상을 두루 답사했다. 집에 들어가는 건, 늘 다음 날이 되기 직전이었다.

대학에 들어가기 전, 내가 잠깐이라도 대학이란 게 어떻게 생긴 건지 눈으로 봤던 유일한 학교는 나중에 들어가게 되었던 그 학교였다. 우이동에 사시던 외삼촌 댁에 할머니와 함께 다녀오면서 버스를 타고 그 앞을 지났다. 두어 번 버스로 스치며 보았던 그 담장 너머의 캠퍼스는 세상과 유리된, 완전히 다른 세계처럼 보였다. 담 밖에서 무슨 일이 일어나건 그 안에 있는 동안은 무한한 상상과 자유가 허락되는 지대. 성처럼 보이는 고풍스런 석조 건물들을 배경으로 제가 가진 특권이 뭔지는 알지 못한다는 듯한 청춘들이 주머니에 손을 꽂고 낙엽을 차며 걷고 있었다. "찰칵", 그 장면은 머릿속에 저장되었고 감옥 같은 고3 교실에서 전혀 자율적이지 못한 자율학습에 붙잡혀 있을 때면 가끔 떠올려보곤 했다.

엄마는, 대체 내가 하루 종일 뭘 하고 다니느라 매일 이렇게 늦게 오는지 1년 정도 궁금해하셨고, 1년 정도 정성들여 꾸짖으셨다. 현관문을 들어설 때면 잠시 머리 위로 쏟아지는 소나기려니 하며 그 꾸중을 3분 정도 들었고, 한결같이 늦기를 반복했다. 다치지도, 위험에 처하지도, 지치지도 않은 채 에너지 넘치는 모습으로 살아가는 나의 일과를 엄마는 1년 만에 수용하셨다. 더 이상의 꾸중은 내게 아무 의미가 없다는 걸 아셨다. 다만 귀가하면 한 가지만은 꼭 물으셨다.

"밥은 먹었니?"

당연히 대부분의 경우, 저녁을 먹은 상태였다. "어, 먹었어." 하면 더 묻지 않으셨고 간혹 "먹긴 했는데, 배가 조금 고파." 하면, 이내 부지런히 몸을 움직여 주섬주섬 밥을 차려주셨다. 엄마의 밥상은 늘 흔들림이 없는 맛을 지닌 소박한 것이었다. 서너 가지를 넘지 않는 반찬, 그러나 정갈함과 품위를 잃지 않고 유혹과 기교를 거부하는 딱 엄마 같은 식탁.

지치지 않고, 단 하루도 빠짐없이 내게 한 가지 질문을 하는 엄마의 태도가 내겐 경이로웠다. 정말 내가 밥을 먹었는지 안 먹었는지가 매번 그렇게 궁금할까? 내 안위가 그렇게 걱정되는 사람이 나에 대해 다른 건 안 궁금할까?

내가 아이 엄마가 되었을 때 아기가 젖을 달라고 애앵~ 울음을 울 때가 되면, 내 가슴은 이미 젖으로 가득 차올라 젖꼭지가 간질간질해지기 시작했다. 나의 차오른 젖과 아이의 허전해진 위는 그렇게 둘 사이를 연결하는 정확한 생체 리듬에 의해 조율되고 있었다. 아이가 마침내 울음으로 나를 부르면 난 기쁜 마음으로 젖을 물렸다.

아이가 커가며 엄마는 더 이상 아이와 같은 생체 리듬을 공유하지 않는다. 그때가 되면 엄마는 자신에게 주어진 필생의 의무를 의지로 수행한다. 아이를 건강하게 생존시키는 일, 그것을 제 손으로 행할 수 없을 때에 이르면 최소한 그들의 건강한 생존을 확인하는 일로 바뀌는 것이다. 매일 밤 반복되던 그 한 가지 질문 "밥은 먹었니?", 그것은 성인이 된 딸에게 엄마가 행하기로 다짐한 마지막 한 가지 의무였다. '네가 아직 나와 함께 생활하는 동안 난 너의 건강한 생존, 그 한 가지만을 관여하겠다.'는 선언이다.

엄마는 사생활을 갖기 시작한 딸이 새로 짓기 시작한 성 안으로 들어와 기웃거리지 않으셨다. 오직 그 간소한 밥상 하나로 내게 말을 건넸다. 가끔 그 밥을 꾸역꾸역 먹는 것으로 나는 엄마의 딸 된 노릇을 했다. 어디 가서 누굴 만나고, 어떤 사랑을 하고, 어

"밥은 먹었니?",

그 질문은 어디 가서 누굴 만나고,

어떤 사랑을 하고, 어떤 기쁨과 아픔을 겪으며

네 인생을 만들어가든

넌 언제나 밥 세 끼를 제대로 챙겨 먹으며 살 것.

무엇보다 너 자신을,

네 몸의 건강을 먼저 챙기는 것을 잊지 말 것.

그 한 가지를 주문하는

엄마의 지치지 않는 기도였다.

떤 기쁨과 아픔을 겪으며 네 인생을 만들어가든 넌 언제나 밥 세 끼를 제대로 챙겨 먹으며 살 것. 무엇보다 너 자신을, 네 몸의 건강을 먼저 챙기는 것을 잊지 말 것. 그 한 가지를 주문하는 엄마의 지치지 않는 기도였다.

그 기도로 난 여전히 배곯지 않고 건강히 살아가고 있다. 내가 하는 유일한 효도는, 엄마의 그 기도가 헛되지 않게 하는 것이다.

파리에서 맞춰진
마지막 퍼즐

내 유년의 초입엔 짙은 빵 냄새가 어른거린다.

빵과 케이크가 우리 집 부엌에서 만들어지는 놀라운 일이 발생하기 일주일 전, 우리 집 거실에서 그 전조에 해당하는 사건이 벌어졌다. "오븐 요리강습회".

1975년 — 마침내 베트남전이 끝나고, 박정희 대통령은 긴급조치 9호를 발령했으며 여의도에 국회의사당이 세워졌던 그 해 — 온 동네 아줌마들이 모여든 거실에서 낯 모르는 제빵사 아줌마와 그 아줌마를 동반한 아저씨가 함께 와서 2단 생크림 케이크와 식빵, 곰보빵, 상투과자 등을 오븐에 구워냈다. 식탁 위엔 처음 보는 재료들과 조리기구들이 줄줄이 등장했다.

전자 오븐이 부려내는 마술로 온 동네 아줌마들을 홀리는 작업은 이틀간 이어졌다. 취학 전이던 나는, 토끼 눈을 뜨고 이 초유의 사건이 공기 중에 뿜어내는 흥분이 가져올 미래를 가늠해보려고 애썼다. 발효되어 부풀어 오른 빵이 풍기는 냄새, 생크림 덮인 2단 케이크는 단지 또 하나의 맛난 음식이 아니라 여섯 살 꼬마부터 동네 아주머니까지 단박에 포섭해버린, 낯선 문명이 거침없이 뿜어내는 거부할 수 없는 충동이었다.

진중하고 자존심 높은 타입이던 엄마도 아빠를 설득하기로 결심하셨다. 이틀간의 요리강습으로 집안에는 온통 달짝지근한 향기가 떠다녔다. 엄마는 퇴근하고 돌아오신 아빠에게 사고 싶은 게 있다고 말했다. 얼마냐고 묻는 아빠의 질문에 엄마는 답을 하시지 않고 새침한 표정으로 "조금 비싸"다고만 하셨다. 재차 묻는 아빠에게 엄마는 "4만 원."이라고 하셨다. 약간의 침묵이 흘렀다. 엄마가 지은 새침한 '여자의 표정'만으로도 아빠는 동의하지 않을 수 없었을 것이다. 엄마는 결코 그런 표정을 허투루 짓는 분이 아니셨다. 엄마가 좀처럼 드러내지 않는 여성성까지 동원하게 할 만큼 엄마를 움직인 무엇이라면 당연히 아빠는 사들여야 하는 물건임을 아셨을 것이다.

머지않아 우리 집에는 코끼리 표 오븐이 등장했고 요리강습 때 보았던 조리도구들, 상투과자의 재료가 될 말린 팥 앙금, 바닐라 향 등이 군식구로 딸려왔다. 글도 모르던 당시 나의 절절한 애독서가 된《손쉬운 오븐요리》까지. 그것으로 문명의 둑이 열리며 우리의 일상이 품는 세계가 확장되기 시작했다.

《천사의 편지》와 함께 《손쉬운 오븐요리》는 초등학교 시절의 내가 책 낱장들이 너덜너덜해질 때까지 탐독하던 책이다. 《천사의 편지》는 — 지인들 소장용으로 한정판만 인쇄된 — 여행서였다. 배화여중·고에서 교사로 재직하시던 아빠의 제자 중에 박정선이라는 학생이 있었다. '리틀엔젤스'의 단원이 되어 전 세계를 돌아다녔던 그녀가 여행 중 가족들에게 보냈던 편지들과 여행지에서 찍은 사진들을 엮어낸 책이었다. 춤과 노래를 세계인들에게 선보이며 40여 개국을 돌아다녔던 소녀가 가족에게 들려주는 새로운 문물들, 사람들, 그들에게 쏟아진 환호와 영광들을 기록했다.

난 허구한 날 책 속으로 들어가 영국 여왕 앞에서 노래하고 선물로 인형을 받았던 소녀의 세계를 유영했다. 집 안마당에 있던 4인용 그네를 힘차게 구르며 비행기 조종사가 되어, 4번 구르면 싱가포르, 6번 구르면 로스앤젤레스, 10번 구르면 런던에 당도하곤 했다.

《손쉬운 오븐요리》는 엄마가 구입한 오븐으로 만들 수 있는 모든 것들에 대한 레시피와 요리 사진들이 수록된 요리책이다. 마들렌, 식빵, 곰보빵, 감자 크로켓, 감자 그라탱, 레몬 파이, 크리스마스 롤 케이크, 2단 케이크, 상투과자, 쿠키…… 요리강사의 목소리를 떠올리며 난 매일이다시피 그 요리책의 책장을 넘겼다. 그것은 그 자체로 새롭고도 지엄한 질서의 세계였다. 잘게 다지고 양념장을 끼얹고 달달 볶던 세계에서, 달궈진 온기 속에 요리를 통째로 맡기고 인내를 갖고 기다리는 완전히 다른 세계.

엄마는 그 요리책에 나오는 요리들의 2/3 정도를 해주셨다. 이듬해 초등학교에 입학한 나는 간식으로 엄마가 만들어준 마들렌을 들고 가기도 했고 우리 3남매 생일 때는 물론, 인근에 사는 사촌들 생일에도 엄마는 케이크를 직접 만들어서 보내주곤 하셨다. 계피 가루를 넣은 크림으로 가운데 "축 생일"을 새기는 걸 잊지 않으셨다. 난 자랑스럽게 양손에 케이크를 들고 가는 배달꾼을 자처했다. 친구들이 놀러 오면 직접 구운 상투과자를 내놓으셨고, 손님이 오시면 엄마의 주특기가 된 어른 주먹만 한 감자 크로켓이 식탁 위에 오르곤 했다. 식빵은 유난히 발효하는 시간이 길었던 탓에 자주 해주지 않으셨지만 집에서 발효 식빵이 익어가며 풍기던 냄새는 빵 굽는 집에 대한 강력한 노스텔지어를 머리에 새겼다.

엄마가 해주시지 않는 나머지 1/3의 음식은 언제쯤 해주실까를 기다리며 책에 쓰여 있는 대로 머릿속으로 시뮬레이션을 해 보기도 하고, 졸라 보기도 했다. 정 그렇다면 딱 하나만 더 해달라고 내 딴엔 담판을 지어 보려고도 했지만 엄마는 늘 그렇듯, 언제나 본인의 확고한 판단대로만 행동하셨다.

그렇게 5년 정도, 코끼리 표 오븐의 전성시대가 이어지다가 엄마의 선택을 받은 적 없는 1/3의 레시피들이 여전히 미개척의 영역으로 남아 있는 상태에서 오븐은 다락으로 퇴출되었다. 그것을 끝으로, 엄마는 한바탕의 대모험이 마무리되었다는 듯 빵 냄새 풍기는 부엌의 시대를 영원히 마감하셨다.

그러나 그 빵 굽는 문명이 우리의 삶에 남긴 영향은 지대했다. 남동생의 첫 직업은 파티시에였고 나는 훗날, 아침 일찍 갓 구워진 바게트를 사 와 버터와 과일 잼을 발라 먹을 생각으로 기쁘게 잠자리에 드는 사람이 되었으며 언니는 엄마 나이에 이르러 직접 케이크를 만들어 조카의 생일에 들고 오는 사람이 되었으니.

프랑스에 와서 딸, 칼리의 고모 집에 처음 아이를 뱃속에 간직한 채 초대받았을 때, 내가 엄마에게 간절히 졸랐지만 엄마가 끝내 해주지 않았던 크리스마스 롤 케이크가 거기 있었다. 통나무 모양에 표면은 초콜릿 크림으로 우둘투둘 나뭇결을 흉내 낸, 크리스마스 때만 먹는 케이크. 여기선 그 케이크를 아예 '크리스마스 통나무'란 뜻의 '뷔슈 드 노엘Bûche de Noël'이라고 불렀다. 칼리 고모는 매년 성탄 파티에 그 케이크를 구워 디저트로 냈다. 칼리 고모 집에서 그 통나무 케이크를 먹던 순간, 내 인생에 갑자기 펼쳐졌다 사라진《손쉬운 오븐요리》스토리의 마지막 퍼즐 조각이 맞춰졌다.

나도 아이 생일에는 케이크를 굽고, 집에 손님이 오면 디저트로 치즈 케이크나 당근 케이크를 구워내며, 아이가 학교에서 불어 시간 중 문학 까페 시간을 가질 때면 아침 일찍 일어나 40개의 마들렌을 구워 손에 들려 보낸다. 아이에게 이것은 지극히 익숙한 문명이겠으나 집에서 구워지는 빵과 케이크가 내 유년에 남긴 흔적이 무엇인지 알기에 떨게 되는 부지런이다.

설에는 떡국을 끓이고 추석에는 아이와 마주 앉아 송편을 빚는다. 아이에겐 반대로 떡이 흥분되는 문명의 자극이다. 이어령은 《한국인의 손, 한국인의 마음》(디자인하우스, 1994)에서 떡을 "마음의 지층"이라고 칭하며 그것이 지어내고 있는 일상 속의 자극을 이렇게 묘사했다.

시루떡은 우리를 미각과 후각과 촉각을 종합하는 완벽한 시각의 세계로 이끌어간다. 그것은 지층처럼 한 켜 한 켜 켜를 이루고 있는 그 고물들이 자아내는 중층적 구조의 아름다움인 것이다. 형태만이 그런 것이 아니라 한 시루에서 만들어진 여러 형태의 그 다양한 시루떡은 온 동네로 돌려진다. 시루떡은 바로 중층적인 구조를 이루며 살아온 한국사회의 단면을 그대로 보여주는 문화의 축도이다. 밥 옆에 떡이 있기에 우리의 일상성은 늘 태초의 그날처럼 극적으로 새롭게 눈뜨고 일어서는 것이다.

떡이 온 마을에 돌려지는 동안 공중에 함께 흩뿌려지는 흥분의 분말은 삶의 즐거움을 고양한다. 딸아이와 함께 빚는 추석 송편은 단호박으로 노란색을, 비트로 분홍색을, 쑥 가루로 초록색을 만들고, 깨와 꿀, 다진 아몬드와 계피 가루로 속을 만든다. 그렇게 난 내 자리에서 나의 방식으로 일상을 고양하는 의식을 빚어내고 흥분을 전파한다. 여우가 어린 왕자에게 말해준 것처럼. "Il faut des rites(의식이 필요해)!"

이곳에 흔한 모로코, 베트남, 태국, 이탈리아 음식도 자주 우리집 식탁에 오른다. 프랑스 문화부가 실시하는 시민들의 문화생활 빈도를 묻는 질문에는 얼마나 자주 레스토랑에 가느냐는 것이 문항에 포함되어 있다. 외국 음식을 판매하는 레스토랑에 가는 건, 그 자체로 이국 문화를 체험하는 문화생활에 속하는 일이 되기 때문이다. 우리는 그 낯선 문명을 먼저 눈과 코와 혀로 만나고, 그 다음 몸 안에 들여보내 조금씩 우리를 구성하게 한다.

요리는 각기 다른 문명이 음식으로 만나 서로의 온기와 에너지를 몸 안에 전달하는 방식이다. 그들의 음식을 만들며, 그들의 문명 속으로 들어간다. 그 음식으로 새로운 방식의 온기를 가족과 친구들에게 전한다.

우리는 그 낯선 문명을 먼저 눈과 코와 혀로 만나고,

그 다음 몸 안에 들여보내

조금씩 우리를 구성하게 한다.

요리는 각기 다른 문명이 음식으로 만나

서로의 온기와 에너지를 몸 안에 전달하는 방식이다.

치유의
찻상

어릴 적, 큰고모 내외가 사셨던 곳에 대해서는 어느 도인지 어느
시인지도 모르고, 그저 내유리라는 지명만을 내내 기억하고 있었
다. 뒤늦게 주소를 찾아보니 경기도 고양시 덕양구 내유동이다. 초
등학교 1학년이던 어느 늦가을 오후, 엄마는 내 손을 이끌고 작정
한 듯 고모 집에 가셨고, 우리는 늦은 오후에야 그곳에 도착했다.

부천 우리 동네에서 출발하는 버스의 종점은 영등포였다. 어
린 시절 나에게 세상의 끝이었던 그 영등포에서 다시 버스를 타고
광화문까지, 광화문에서 또 다른 버스를 타고 또 다시 한 번 딜컹
거리는 버스를 탄 후, 슬레이트 지붕으로 된 가게 앞에 큰 나무가
서 있던 버스 정류장에 내렸다. 반나절을 여행하다시피 해 도착했
던 그곳 길 건너편에 서 있는 2층집이 고모네 집이었다. 고모부는
내과, 소아과 의사셨고, 두 분의 집은 살림집과 병원을 겸하는 구

조였다.

어릴 때 난, '가슴이 아픈' 지병을 가지고 있었다. "가슴이 아파
~." 라고 호소했던 나의 대사가 여전히 귀에 생생하다. 그것이 흔
히 말하는 심장병은 아니었던 것은 확실하다. 지금 생각해보면, 내
불안했던 심리가 만들어낸 꾀병이거나 상상의 병일 수도 있었다
는 의심이 든다. 암튼, 엄마 아빠는 가슴이 아프다는 나의 호소를
귀담아들었고, 몇 군데 병원에도 찾아갔다. 그때마다 아무 이상도
없다는 답변만이 돌아왔지만. 꾀병이나 상상의 병이었다 해도 병
은 분명 병이었다. 호소해야 하는 아픔이 있었으니까.

스쿨버스를 타고 학교에 다니는 게 소원이었던 내가, 버스를 4
번이나 탈 수 있었으니 출세라도 한 기분이었다. 고모부는 분명 나
를 진찰했을 터인데 그가 분명히 말했을 법한 "아무 이상도 없다."
는 말은 내 기억에서 완벽하게 지워졌다. 고모부를 뵙고 나서 만난
고모의 환대 장면만이 영화의 한 장면처럼 또렷이 남아 있다.

고모는, 이렇게 귀한 손님이 오려고 내가 이 간식을 준비했구
나 하시며, 찬장에서 마치 우리를 위해 준비해 두었던 것 같은 간
식들을 차근차근 꺼내 반상에 놓으셨다. 엄마는 미리 전화도 하지
않고 나를 데리고 무작정 고모 집에 오신 거였다. 으레 그 자리에
모두가 있으려니 하고.

고구마, 약과, 강정, 수정과……. 집에서 만든 그 맛 나는 음식

들이 이미 접시 위에 얌전히 놓여 있었다. 내가 처음으로 누군가로부터 정중하게 손님으로 대접받은 상이었다.

고모는 늘 누군가에게 대접할 간식을 미리 찻장 속에 준비해두신다고 했다. 고모 집을 찾아오는 사람들은 환자들이기도 했고, 이웃이기도 했으며, 교회 신도들이기도 했다. 사람들이 고모를 많이 찾아오기 때문에 간식이 늘 있었던 것이 아니라 그 간식들이 늘 가지런히 그들을 기다리고 있었기 때문에 그들이 온 거라는 생각이 들었다. 그날 그 간식들, 즉 고모가 가진, 사람을 반가이 맞이하는 넘쳐흐르는 마음이 불러들인 사람은 나와 엄마였던 거다. 우린 찻상에 둘러앉아 빛나는 기쁨을 나누었다.

나의 '가슴이 아픈 병'이 언제 내 몸을 떠났는지 정확히 알지 못한다. 어느 날 난 더 이상 "가슴이 아파." 라는 말을 하지 않게 되었는데 지금 생각하니, 그날 고모가 차려주신 나를 위한 손님상을 받고 나서부터였던 것 같다. 언니와 남동생 사이에서 늘 덜 중요한 존재로 느껴지던 내가 귀한 손님으로 대접받은 그 초유의 경험이 내 마음을 치유하는 데 단초를 제공했을 터이다. 고모부가 아니라, 고모였다. 나를 치료한 사람은. 말하자면, 그것은 음식을 통한 심리 치료였던 것이다.

고모부는 팔도에서 산 넘고 물 건너 환자들이 찾아오는 명의

언니와 남동생 사이에서

늘 덜 중요한 존재로 느껴지던 내가

찻상을 통해 귀한 손님으로 대접받은

그 초유의 경험이 내 마음을 치유하는 데

단초를 제공했을 터이다.

말하자면, 그것은

음식을 통한 심리 치료였던 것이다.

셨고, 늘 소박한 동네에서만 병원을 하셨다. 소록도 병원장을 하신 적도 있었는데 떠나게 되신 날, 모두 그분의 떠남을 아쉬워하며 떠나지 못하게 길바닥에 마을 사람들이 누워 있었다는 이야기도 전해진다.

아픈 사람을 의술로 고친 것은 고모부지만, 그 사람들을 사랑과 정성으로 다독이고 뜨거운 인간애로 그들의 심리를 건강하게 북돋은 것은 고모의 역할이 아니었을까. 고모부가 누린 명의의 명성 속에는 고모의 몫이 얼마만큼인지 모르지만 필시 들어 있었을 터이다.

고모가 돌아가신 후에도 많은 사람들은 고모를 회상했다. 그분은 정말 대단한 사람이었다는 것이다. 고모에겐 별다른 직업이 없으셨다. 큰마음을 가졌고, 모든 사람을 귀하게 여길 줄 아는 사람이었다. 활활 타오르는 열정과 환희의 화신 같은 성정으로 고모가 가는 곳마다 그곳이 환하고 따뜻해졌다. 그 자체가 고모가 가진 능력이었다. 마침내 마음의 병도 치료할 수 있는.

할머니의
방

◆

외할머니는 내가 아는 사람들 중에서 가장 작은 집에 사셨다. 방 하나와 부엌이 있고, 집보다 더 큰 꽃밭이 덤으로 있는 집이었다.

고향을 가장 먼저 떠났던 엄마가 서울에서 한 뼘 거리에 있는 그 집에 둥지를 틀었고, 대학 간다고 서울 온 외삼촌도 한때 거기에 기거했었다. 그 다음엔 이모들이 서울로 진출하는 베이스캠프가 되었고. 그들이 차례로 짝을 찾아 새 둥지를 꾸며 떠나간 후, 그 집은 마침내 시골에서의 삶을 정리하고 올라오신 외할머니의 집이 되었다.

할머니네 집은 우리 집에서 열심히 달려가면 5분 거리에 있었다. 나는 하루가 멀다 하고 할머니 집에 이런 저런 심부름을 하러 달려갔고, 할머니 역시 하루가 멀다 하고 우리 집에 오셨다. 봄이면 할머니를 따라 산이며 들을 헤매고 다니면서 나물을 캐고 꽃을

땄다. 비름, 쑥, 명아주, 고들빼기, 고사리, 진달래, 아카시아…….
쑥으론 쑥버무리, 쑥개떡을 해주셨고, 진달래와 아카시아로는 달
짝지근한 술을 담아 천식이 있는 남동생에게 먹이셨다. 푸성귀들
은 말렸다가 두고두고 나물을 해 드셨다.

할머니는 주변의 자투리땅을 가만두는 법이 없으셨다. 언제나
밭을 일구셨고 꽃을 가꾸셨다. 유도화, 장미, 수국, 해바라기, 라일
락…… 할머니의 정원은 언제나 꽃향기로 일렁였고 할머니의 밭
에선 감자와 옥수수와 호박들이 주렁주렁 열렸다. 땅과 늘 살갑게
대화하며 지내신 할머니는 해마다 그들이 주는 선물을 풍성하게
거두셨다.

17세에 시집와, 남편을 따라 오사카로 건너가 살며 거기서 6남매
를 낳으신 할머니는 해방과 함께 아이들과 시어머니를 모시고 한
국에 돌아와 전라남도 광주 송정리에 자리를 잡으셨다. 오사카에
서 공장을 운영하던 외할아버지는, 가족을 먼저 보내고 사업을 정
리한 후 뒤따라 들어오기로 했건만 여순사건이 터진 후 더 이상
밀항으로도 한일 간의 왕래가 불가능해지면서 할머니는 하루아침
에 남편과 생이별을 해야 했다.

1965년에 한일 관계가 재개되어 꽃다운 20대에 헤어진 남편
과 재회하셨을 때 할머니 나이는 49세였고, 6남매는 이미 장성한

뒤였다. 그 사이 외할아버지는 일본에서 새 가정을 일구셨던 터였다. 이후로 할아버지는 꾸준히 일 년에 2~3번씩 한국을 찾으셨다. 자식들과 손자들에게 나눠줄 선물 보따리를 양팔 가득 들고서. 할아버지는 할머니를 부양은 하셨지만 더 이상 두 분은 부부로 존재할 수 없는 사이였다. 할머니는 그렇게 오랜 세월 남편을 바다 건너에 두고 혼자 사셨다.

한일 간 수교가 재개되면서 20년 만에 할아버지가 돌아오셨을 때, 아버지이자 남편을 향한 원망이 당연히 쏟아졌을 터이다. 할아버지는 적어도 가족들이 경제적으로는 크게 힘들지 않을 거라 생각하셨다고 했다. 한국에 당분간 돌아갈 수 없음을 알고 밀항을 시도하는 지인에게 금궤 두 상자를 주며, 하나는 당신이 수고비로 갖고 또 하나는 우리 가족에게 건네달라고 부탁하였다고 한다. 이 얘기를 듣고, 금궤를 전했다는 그 지인을 찾아가 물으니 "항해 중에 폭풍을 맞아 두 궤짝이 모두 바다에 떠내려 가버렸다."는 소설 같은 이야기를 들려주었다고 한다.

아무리 기다려도 오지 않는 할아버지가 언제쯤 오려나 동네 무당을 찾아가 물으니, 할머니의 시어머니가 지붕 위에 발가벗고 올라가 할아버지 이름을 부르면 할아버지가 온다 하여 과연 한밤중에 지붕에 올라가 거사를 감행하셨는데 이런 어른들의 속사정을 몰랐던 우리 엄마가, 같은 음으로 시작되는 이름이 들리자 자기를 부르는 줄 알고 날름 대답하여 일을 그르쳤다는 황당한 전설도 전해진다.

할머니의 삶을 돌이켜보면 울분과 수심으로 맘 편히 살 수 없을 것 같은 굴곡진 삶이다. 어떤 경제적 근거로 할머니가 6남매를 키워내고 시어머니를 봉양하셨는지 모른다. 농사를 지었고, 큰 감나무가 마당에 서 있던 적산가옥에서 그들이 살았다는 것 외에는. 그러나 할머니가 6남매를 키우며 사셨던 이야기는 한 번도 눈물겨운 시련의 서사로 기술된 적이 없다. 시어머니는 새파란 며느리가 아이들을 두고 한눈이라도 팔까 봐 늘 삼엄한 감시를 하셨다는데 가끔 그 엄하던 시어머니 얘기가 쌉싸름한 에피소드로 등장할 뿐, 할머니의 삶은 언제나 낭창낭창 바람에 흔들리면서도 흥겹고 충만한 풍경을 갖고 있었다.

언제나 손은 바삐 놀리시면서도 다가오는 인생의 파고에 대해서는 관대하고 느긋하게 대하셨다. 어릴 때 엄마를 잃고 큰아버지 집에서 키워졌던 삶의 스타트부터 예사롭지 않았으나, 눈앞에 놓인 인생의 굴곡을 아무 일도 없다는 듯이 넘어왔기에 할머니의 스토리에는 비극의 주름이 드리워질 틈이 없었다. 막내 삼촌이 병으로 앞서 가셨을 때, 병간호를 도맡으셨던 할머니가 무너져 내리는 걸 보았던 것이 내 기억 속 유일한 할머니의 슬픈 모습이다.

한 번도 부자가 아니었지만 초췌하거나 빈궁한 적도 없었다.

마치 손을 뻗으면 무엇이든 손에 쥘 수 있는 세상에 사는 듯, 할머니는 무엇이든 땅과 자연에서 구하셨다. 그래서 어떤 두려움도 없으셨다. 어딜 가든 땅과 자연은 있고, 그들이 언제 무엇을 품었다 건네줄지 할머니는 잘 알고 있었다.

할머니가 우리 집에 오시면 난 열광적으로 할머니를 향해 달려가 덥석 끌어안고 빙그르르 한 바퀴 도는 세리모니를 했다. 가정에 불충했던 할아버지에 대한 원망으로 남자들을 불신하고 지극히 금욕적인 삶의 방식을 고수하며 엄숙한 태도로 살았던 맏딸 우리 엄마와 달리, 할머니는 낙천적이고 명랑하셨다. 우리들과 만나면 늘 장난치고 으하하 웃음이 터지게 만드셨다.

또 단정하고 고우셨다. 할머니 화장대 위엔 써도 써도 줄어들지 않는 코티분이 있었다. 할아버지가 갖다주신 듯한 여인의 표시가 할머니 화장대 위에 있는 게 좋았다. 코티분 탓인지 할머니 품에 털썩 안기면 좋은 냄새가 났다. 할머니에게 우리가 작은 선물이라도 하면, 할머니는 언제나 존댓말로 "감사합니다." 하며 두 손을 모으며 웃으셨다. 그렇게 늘 웃으시니 계속 웃을 일만 생기는 듯하였다.

명절이 되면, 할머니의 그 단칸방에 외가 친척들이 모두 모여들었다. 그 베이스캠프 안으로 방배동 삼촌, 개봉동 이모, 청담동 이모가 된 할머니의 자녀들과 그들의 자식들 그리고 우리 식구들이 전부 모였다. 제사는 지내지 않았고 그렇게 모여서 오는 순서대로 끼어 앉아 밥을 먹었다.

할머니의 식탁엔 일 년 내내 정성껏 말려온 온갖 나물들이 꼬들꼬들 들기름 냄새를 풍기며 올라왔고, 자글자글 부쳐진 오색의 전들이 나란히 놓였다. 그리고 아무도 흉내 낼 수 없는 황홀한 할머니 표 미역국, 잡채, 묵, 식혜…… 사람 많은 대중 목욕탕에서 옆 사람 어깨에 부딪혀가며 때 밀듯 쪼그려 앉아 할머니의 명절상에 놓인 진수성찬을 먹으며 모두가 행복해했다.

얼마나 많은 사람이 그 좁은 방에 끼어 앉을 수 있나 헤아리며 우린 늘 신기록 경신을 하곤 했다. 다 먹고 나갈 때까지 누군가는 서 있고, 누군가는 다리를 오므리고 문간에 앉아 있다가 자리가 나면 밥상으로 진출하곤 하는 그 비정상적인 상황에 대해 아무도 불평하지 않았고, 개선하기 위한 대안을 제시하지도 않았다.

좁아터진 방에 끼어 할머니의 전설적인 나물과 전을 먹으며 새해를 맞는 건, 우리에게 일종의 반복되는 의식이었다. 그 복닥거리는 식사가 끝난 후에야 조금 더 넓은 우리 집에 가서 사촌들과 윷놀이 하며 놀았고 이모들은 할머니와 함께 부엌에 앉아 수다를 떨며 전을 담았다.

할머니는 병원에 다닌 적도, 다친 적도 없으셨다. 돌아가시기

좁아터진 방에 끼어

할머니의 전설적인 나물과 전을 먹으며

새해를 맞는 건,

우리에게 일종의 반복되는 의식이었다.

2년 전부터는, 엄마가 해주는 음식을 드시러 점심 저녁으로 엄마 집에 들르셨다. 더 이상은 식사를 혼자 마련할 기력도, 정신도 없으셨기 때문이다. 식사를 마치시고 나면 큰딸인 엄마한테 "고맙다."며 감사의 뜻을 전하는 걸 잊지 않으셨다. 그때가 유일하게 할머니 인생에서 누군가에게 '신세'랄 만한 것을 졌던 시간이다.

돌아가시기 한 해 전에, 손에 끼고 다니시던 가락지를 며느리들에게 나눠주셨다. 아들들을 맡긴 남의 집 귀한 딸들에게 할머니는 그렇게 마지막으로 고마운 마음을 전하셨다. 가장 가까운 자신에게 가락지를 남기지 않았다고 엄마는 분개하셨지만, 사실 할머니는 엄마에게 갚을 빚이 없었다. 자신의 분신인 엄마에게 할머니는 천 배쯤 더 많은 사랑을 주셨으니.

그렇게 곱고 단정하며 충만하던 여든일곱 해를 사시고 할머니는 어느 날 스르르 눈을 감으셨다. 장례비에 쏠, 500만 원이 든 통장을 남기시고. 그것은 내가 아는 가장 독립적인 여인의 삶이었다.

내 맘대로
메뉴의 결말

교사들이 더 이상 버틸 수 없을 무렵 방학이 시작되고, 엄마들이 더 이상 버틸 수 없어질 때 개학을 한다는 말이 있다. 어린 시절 긴 긴 겨울방학을 보내며 난 몇 번이나 "엄마 심심해." "엄마 뭐 먹고 싶어."를 되뇌었던가.

심심해 죽을 것 같으면 꽝꽝 얼어붙은 논에 스케이트 타러 나가기, 주머니에 구운 쥐포 하나 꼬불쳐 넣고 해질 때까지 마냥 세상 끝 향해 걷기, 들판에 서서 연날리기도 해 보지만 방학은 길기만 했다. 개학이 코앞에 와 눈물 나게 많은 방학 숙제들과 마주하기 전까진.

식탐 제로 — 뭐 좀 먹으라고 하면 "꼭 먹어야 해?" 하고 반문하는 — 인 데다가 숨 쉬듯 그림그리기에 몰두하는 딸 하나 키우니 나름 그쪽으로는 속편한 엄마 노릇을 하고 있지만, 내 어린 시절 방학은 세 아이가 엄마의 기운을 쏙 빨아먹는 시간이었던 것이 복기할수록 선명해진다. 그 중 가장 힘든 건 아마도 아이들 입 속에 들어가는 것 챙기기였을 것이다.

하루 세 번 돌아오는 밥시간. 종종, 이 정도 밥 했으면 됐지, 또 해야 돼? 싶을 때가 있다. 투수로 선발되어서 9회 말까지 잘 선방했는데 구원투수도, 선수 교체도 없이 다음날이면 또 내가 방어해야 하는 해일처럼 끝없이 밀려온다. 야구 선수들은 몇 달 하다 보면 시즌 오프가 있고, 특히나 잘 해내고 나면, 그에 따르는 눈부신 보상도 있건만 밥하기는 나 포함해 밥 먹을 사람이 없어져야 끝난다. 외할머니는 여든다섯에 이르러서야 밥 짓기를 멈추셨다. 돌아가시기 2년 전에서야.

게다가 대부분의 아이들은 세 끼 밥으로 충분치 않다. 넷플릭스도 게임기도 없었던 시절, 주전부리는 심심함을 달래주는 역할에서도 큰 몫을 차지했다. 엄마를 조르고, 엄마의 머릿속에 내 희망사항의 절박함을 입력시키는 데 성공하여 마침내 엄마가 내가 주문했던 무엇을 사주거나 만들어주면 환희와 격정에 차오르곤 했지만, 그 과정은 늘 고달팠다.

그렇게 엄마를 조르고 조르며 세월을 보내던 어느 날, 놀랍게도 엄마가 우리에게 역제안을 해오셨다. 초등학교 3학년 여름 방학, 엄마는 우리에게 한 달 치의 점심 메뉴를 모두 직접 짜라고 하셨다. 그럼 그대로 해주겠다고.

"정말? 정말?"

정말이었다. 엄마는 농담을 거의 안 하신다. 우리 3남매는 기회를 놓치지 않고 머리를 맞댔다. 요일제로 적용되는 '내 맘'의 원칙에 따라.

우린 어릴 때부터 매년 연초가 되면 요일 뽑기를 했다. 일요일은 아빠가 계시는 날이니까 텔레비전 채널 권을 아빠한테 드리지만 나머지 요일에서, 텔레비전 채널 권을 비롯하여 우리에게 주어지는 다양한 권리 행사에서의 우선권을 요일별로 나눠서 행사하는 방식이다. 뽑기를 통해 월금, 화토, 수목 이런 식으로 두 개의 요일을 한 사람이 가진다. 그날은 어린이 시간대의 텔레비전 프로를 '내 맘'대로 정하는 날이기도 하고, 쓰레기 버리는 일 같은 의무행사의 날이기도 했다. 엄마가 장난감을 한 개만 사줄 수 있다면, 그날의 맘인 사람이 어떤 걸 고를지 결정한다. 색깔이 다른 인형, 품목이 다른 과자들이 생기면, 그날 '내 맘'인 사람에게 제일 먼저 고를 권리가 있었다.

간혹은 필요에 따라 서로의 내 맘인 날을 거래하기도 했다.

"나한테 저 구슬을 주면, 다음 주 토요일의 내 맘을 너한테 줄게. 난 대신 너의 화요일을 갖고."

우린 이 원칙을 적용해서 각자의 '내 맘'인 요일에 먹고 싶은 걸 적어 넣고 같은 메뉴가 겹치지 않도록 조정해서 엄마한테 드렸다.

떡볶이, 짜장면, 오므라이스, 통닭, 만두, 칼국수, 호떡, 도 넛……. 아이들이 방학 때 먹고 싶은 그 흔한 메뉴들로 빈칸은 채 워졌다. 짜장면이 짜장밥으로 대치된 것을 제외하곤, 엄마는 하루 도 빠짐없이 우리가 써 넣은 그 메뉴를 해주셨다. 우리는 식당에 온 사람처럼 식탁에 앉아 "아줌마, 떡볶이 있어요? 얼마예요? 그 럼 3인분 주세요."라며 우리가 정해놓은 메뉴를 새삼스럽게 주문 하고, 엄마는 "네, 그럼요. 3인분 드릴까요?" 하며 식당 주인을 연 기하셨다.

졸지에 분식집으로 둔갑한 듯한 우리 집에서 뜻대로 이뤄지는 세상을 잠시 맛보았다. 아이들에게는 온통 금지된 일투성이고, 결 정은 오직 어른들만 하는 세상에서 마침내 요정 지니가 우리의 소 원을 들어준 기분이었달까.

신기한 것은 우리의 계획과 주문에 따라 만들어진 음식들을 먹 으면서는 허기지는 일이 없었다는 사실이다. 심심하지도 배가 허 전하지도 않았다. 대신 매일이 원하는 대로 실현되는 이벤트를 기 다리는 흥분과 기대로 채워졌다. 허기란 실현되지 않은 모든 욕망 들을 대신하여 찾아드는 육체적 신호였던 걸까? 원하던 것을 먹는 다고 해도 더 많은 양을 먹는 것은 아니었지만 '내 맘'대로 정한 메

허기란 실현되지 않은 모든 욕망들을 대신하여

찾아드는 육체적 신호였던 걸까?

원하던 것을 먹는다고 해도

더 많은 양을 먹는 것은 아니었지만

'내 맘'대로 정한 메뉴가 나오던 시기,

시도 때도 없이 입이 궁금하던 증상이 사라졌던 것은

허기가 반드시 육체적인 욕망만은 아니란 걸 알게 해준다.

뉴가 나오던 시기, 시도 때도 없이 입이 궁금하던 증상이 사라졌던 것은 허기가 반드시 육체적인 욕망만은 아니란 걸 알게 해준다.

도넛을 적어 넣은 사람은 나였다. 그 무렵 도넛이 소재로 등장하는 만화에 푹 빠져 있었기 때문이다. 다이아몬드가 박힌 팔찌를 한쪽에 빼놓고 팔 걷어붙인 한 아줌마가 대야 가득 밀가루 포대를 털어 넣고 도넛 반죽에 나섰다가 반죽 속에 팔찌를 넣고 도넛을 수백 개를 만들어버렸고…… 그 다음은 아주 빤한 이야기다. 한 입 물다가 도넛 속 다이아몬드 팔지를 발견하지 않더라도 산더미처럼 도넛을 쌓아두고 먹어보고 싶었다.

　도넛이 생각만큼 간단하지 않은 건, 그것이 튀김이기 때문이다. 엄마는 튀기고 난 뒤 기름 처치가 곤란한 튀김 요리를 끔찍하게 싫어하셨지만 결국 도넛도 예외 없이 해주셨다. 구멍이 뻥 뚫린 동그란 도넛, 단팥 도넛……. 양껏 먹을 수 있도록 소쿠리 한가득.

　기쁜 마음에 허겁지겁 먹긴 했는데 그걸 먹고 나는 단단히 배탈이 나고 말았다. 하늘이 샛노래지도록 토해내고 핼쑥해져서 사나흘을 앓아누웠다. 아빠가 영등포 신천지약국 ― 그 두툼하던 약봉다리에 써 있던 거창한 약국 이름이 기억에 선명하다 ― 에서 한 보따리쯤 되는 약을 지어 오셨고, 미음과 함께 며칠 약을 먹었다. 다른 형제들은 멀쩡했지만 시름시름 앓는 나를 두고 자기들끼리 분식집 놀이를 하진 않았다.

아이가 배탈 나는 건 사실 그리 드문 사건은 아니지만 그땐 배탈의 정도가 기념비적이었다. 엄마는 "우리 수정이가 아주 큰일 날 뻔했다."며, 사건의 위중함을 인정하셨다. 기름기를 갑자기 많이 먹으면 소화가 잘 안 되는 법인데 엄마가 너무 많이 먹게 놔뒀다며 자책도 하셨다.

갑자기 누리게 된 자유를 성급하게 취한 탓이었을까? 급체는 확실히 뭔가에 대한 제동, 멈춤 신호 같은 역할을 했다. 그것은 효과를 발휘했다. 나는 누워서 천정을 바라보며 천천히 배탈에서 회복되는 내 몸과 맘을 들여다보았다. 맏딸인 언니와 막내인 남동생 사이에 끼인 둘째딸의 희미한 존재감이 주는 허기. 내 잦은 허기의 실체는 아마도 거기에서 기인했고 그래서 나는 늘 엄마에게 내 허기를 채워 달라고 애절하게 요구하는 딸이었던 게 눈에 선히 보였다. 엄마가 약속대로 넉넉한 홈메이드 도넛을 만들어 건네주신 걸로 그 허기는 채워졌던 건데 육체적인 허기와 정신적인 허기의 수용 한계 차이를 몰랐던 것 같다. 그랬다.

그 이후로 나를 채워달라고 애달프게 요구하지 않게 된 것 같다. 어느 날, 엄마가 이웃집 아줌마에게 "우리 집 애들은 뭐 사달라고 보채는 법이 없어." 이런 말을 하는 걸 들었으니까. '아, 그런가. 내가 옛날에 좀 보챘던 것 같은데.' 분명 그랬었는데, 안 그런 아이로 바뀌어갔다.

　허기를 급하게 채우려 할 때 탈이 난다는 실증적 교훈이 온몸을 얼얼하게 만들며 지나가는 동안 엄마 아빠가 혼비백산하여 날 돌보는 모습을 보며 내가 채우고 싶었던 허기가 채워지는 걸 느꼈던 거다. 다시는 이 장면을 반복하고 싶지 않다는 생각과 함께.

◆

아빠가 남겨주신
마지막 한 그릇

고 2 때, 아빠가 돌아가셨다. 마지막 알곡들을 채워줄 햇빛이 들판에 흘러넘치던 어느 가을날이었다.

그해 봄부터 아빠의 몸에 이상이 왔다. '평생 감기 한 번 걸린 적 없는' 자신의 몸에 찾아온 낯선 손님을 아빠는 인정하지 않으셨다. 손가락으로 꾹 누르면 누른 자국이 그대로 남아 있는, 물컹해진 자신의 다리를 지인들에게 보여주며 신기해하셨다. 신장이 심각하게 훼손되어 더 이상 필터의 역할을 하지 못하기 때문이란 걸 뒤늦게 아셨고, 평생 단 한 번 찾아온 병에 아빠의 몸은 순식간에 포위당했다.

아빠가 돌아가시던 순간, 엄마와 우리 3남매는 고모의 주도 하에 아빠 곁에 둘러앉아 목청껏 찬송가를 부르고 있었다. 우리의 음성이 하늘에 닿아 혹시라도 신이 행해줄지 모를 기적만이 우리가 기대할 수 있는 유일한 희망인 것처럼. 아빠는 더 이상 찬송가를 부르지 말라고 손을 세차게 내저으셨다. 그러나 우린 찬송을 멈추지 않았다. 아니 찬송을 인도하던 고모는 멈추지 않았고, 우린 사제의 역할을 하던 고모 눈치를 보며 찬송을 계속했다. 아빠가 마지막 남은 힘을 다해 몸을 일으켜 뭔가 쓰고자 하시기 전까지.

떨리는 손으로 연필을 쥔 아빠는 한 단어를 채 쓰지 못한 채 숨을 거두셨다. 아빠와 눈을 지그시 마주치며, 혹은 손을 맞잡으며, 그의 여윈 어깨를 어루만지며, 고요한 작별을 나눌 수 있는 시간을 격렬한 찬송가들이 삼켜버렸다는 회한, 아빠에게 평온한 마지막 순간을 드리지 못했다는 자책이 격렬하게 가슴에 와 박혔다.

이 날의 후회는 내게 종교적 권위가 저지를 수 있는 어리석음에 눈뜨게 했다. 꺼져가는 생명을 향해 내 온기를 전하고 싶은 가장 기초적인 본능마저 억제하게 만든, 그 천상의 권위라는 실체에 대해 생각하게 되었다. 거기에 굴복하느라 소중한 것을 놓쳐선 안 된다는 저항의 센서가 그때부터 작동하기 시작했다.

경기도 시흥시 군자면에 있는 산에 아빠는 묻히셨다. 뽈록뽈록 솟은 무덤들이 빼곡히 들어찬 나지막한 산의 양지바른 곳에 아빠는 누우셨다. 소복을 입고 많은 사람들과 올랐던 그곳에서 입관식을 진행한 후 육개장을 먹었다. 어떻게, 어디에 앉아서 무슨 정신으로 그걸 목구멍으로 넘겼는지 기억에 없다. 엄마 친구가 끓여

오신 육개장을 먹던 사람들이 한입으로 그 맛을 찬양하던 소리만 귓가에 또렷하다.

처음 먹는 음식이었다. 고사리와 흐물흐물 늘어진 파, 얇게 찢어 넣은 쇠고기, 탱탱하던 숙주나물이 엉겨 있고 붉은 고추기름이 둥둥 떠다니며 식욕을 자극하던 국물. 덤덤한 듯, 고집 있는 식감으로 혀 안에 오래 머물던 고사리…….

육개장이 갑자기 내 인생의 중요한 아이템이 된 건, 그로부터 30년쯤 뒤다. 포도주 산지로 유명한 부르고뉴 시골집 뒤편의 숲을 산책하다 거기에 고사리가 서식한다는 걸 알게 되었다. 인류가 지구에 오기 한참 전인 고생대부터 지구에 살던 식물이니 프랑스에서도 발견되는 것은 놀라운 일이 아니었지만, 잊었던 유년의 동무를 만난 듯 반가웠다. 식탁에 오르는 고사리는 밤색이지만 그곳에서 발견한 고사리는 세상의 모든 어린 식물들처럼 연녹색이었다. 4월이면, 아기 손처럼 주먹을 꼭 쥔 모양의 어린 고사리들이 볕이 잘 들지 않는 음습한 숲에 올라왔다. 손톱으로 톡톡 끊어 한 소쿠리씩 따고, 말리고, 먹기 전 다시 불리고, 끓이고…….

고사리는 세상 어디에서든 자라지만 그걸 먹는 민족은 많지 않다. 안 먹는 게 없는 민족. 웬만하면 다 먹어주고 먹을 수 없는 음식은 먹을 수 있게 기어이 만들고 마는 그런 민족이란 사실이 새삼 기뻤다. 숲속에 지천으로 피어나는 고사리와 의미 있는 만남을 가질 수 있게 해주어서. 고사리를 말리고, 불리고, 끓이고 다시 말리는 절차를 반복하면서 나는 고사리를 먹을 수 있다면 어디서건 굶어죽지는 않을 거란 생각이 들었다. 백이와 숙제가 그랬던 것처럼.

고사리가 매년 내 집에서 공급될 수 있다는 걸 알게 된 후 4월 말, 5월 초 고사리 채집은 우리 집 연중행사 — 라기보다는 식구 중 나머지 두 사람은 '왜 저래?' 하는 의심어린 눈초리로 쳐다보고, 나 혼자 과하게 신난 — 가 되었다.

고사리가 마련되는 대로 나는 한 솥 가득 육개장을 끓였다. 그걸 끓이는 날이면 이웃들이 와서 대체 이게 무슨 냄새냐며 기웃거렸다. 그럼 난 한 그릇씩 그 육개장을 맛보게 했다. 자신들이 먹은 그 길쭉한 식물이 고사리(fougères)라는 걸 안 내 이웃들은 경악을 금치 못한다.

그걸 익히 먹어온 듯한 내가 아직 죽지 않은 걸 보면 필시 그들이 알고 있는 독성 있는 식물이라는 상식에 뭔가 착오가 있었다고 느낀다. 이 이국적인 경험을 페이스북에라도 올려 자랑하겠다며 의기양양해한다. 별의별 걸 다 해 먹으며 그 효능에 대해 긴 연설을 늘어놓는 나를 재야에서 활약하는 숨은 마녀 — 프랑스에서 마녀는 약초 등으로 사람들을 치유하던 여인들이었다. 사람을 치유

아빠가 남겨주신 마지막 한 그릇

하는 절대적 권능을 가진 그녀들은 의사나 교회에게는 제거해야할 위협이었다. 그녀들이 중세 때 수백만 명 불타 죽은 이유다 — 쯤으로 은근히 부추겨 주기도 한다.

딸, 칼리는 왜 어느 날 엄마가 이 희한한 음식에 꽂혔는지 이해하지 못했다. 별로 알고 싶지 않은 어른들의 이상한 세계쯤으로 치부해 버렸다. 집에서 이 황홀한 음식을 먹는다는 흥분은 오직 나만의 것. 가끔 한국 사람들이 집에 오면 그 은밀한 기쁨을 함께 나눌 수 있었다. 왜 내가 이 소란을 피우며 육개장을 끓여대는지, 왜 갑자기 육개장이 사십대 어느 날 내 '최애음식'이 된 건지 그 사연을 나도 금방 알지 못했다.

'밥상'에 대한 이야기들을 적어가기 시작하면서 아빠의 장례식에서 먹었던 육개장에 대한 오랜 기억이 솟구쳤고, 바로 그때가 왜 육개장이 사십대에 이른 나에게 갑자기 소울 푸드로 등극하게 되었는지를 깨달은 순간이었다. 기억의 한 모퉁이에 비죽이 얼굴을 내밀고 있는 한 가지 작은 모티브를 붙잡고 글을 써나가다 보면 마침내 글은 내 기억 속에 머뭇머뭇 고개를 들고서 얼쩡거리는 의문들에 대한 해답과 만나게 해주었다.

육개장은 아빠를 떠나보내며 먹은 음식이다. 아빠를 기억하게 하는, 그러나 아빠와는 나누지 못했던 음식. 사람들이 저마다 칭찬했던 그 성공적인 육개장은 내가 기대어 살던 세상의 한 기둥이 육개장은 아빠를 떠나보내며 먹은 음식이다.

아빠를 기억하게 하는,

그러나 아빠와는 나누지 못했던 음식.

내가 기대어 살던 세상의 한 기둥이 사라지던 날,

나를 다시 일으켜 세워준 음식이었다.

사라지던 날, 나를 다시 일으켜 세워준 음식이었다.

　우린 그 다음 날부터 다섯 식구에서 네 식구가 된 삶을 살아내야 했고, 살아냈다. 씩씩하게

◆

겨울을 견디게 하는 붉은 묘약,
뱅 쇼 Vin Chaud

서른을 막 넘어 파리에 짐을 내려놓고 새 삶을 꾸렸을 때, 눈앞을 스쳐가는 현실들이 믿기지 않아 낯선 풍경에 넋을 잃곤 했다. 그러다가도 집에 혼자 있을 때면 뒷목부터 어깨까지 뻣뻣해지면서 누워 있는 것 말고는 아무것도 하기 힘들었다.

한 발자국도 헛딛어서는 안 되는 궁핍한 유학 생활의 압박. 여기서 반드시 무언가를 얻어가야 한다는 스스로에 대한 옹골찬 다짐. 언제쯤 이들처럼 말하고 쓸 수 있을지 막막하던 유학 초기의 불안들이 홀로 다락방 지붕 밑에 누울 때면 스크럼을 짜고 달려들었다.

주변에 증상을 호소하니, 앞서 이 시기를 거쳐 간 사람들은 하나같이 "연애해." 하고 간단히 충고했지만 말을 못 하는데 무슨 연애를 하겠는가. 그나마 사람들을 만나 어설프게나마 웃고 떠들고 나면 증상은 잠시 잠복하곤 했다.

연극기획자 시절에 알게 된 연극계 지인들이 파리에 더러 있었다. 그 무렵, 그들을 따라 스와레soireé(집에서 벌이는 가벼운 파티)에 들락거리며 만났던 신비의 묘약이 있었으니, 그것이 바로 뱅쇼다.

뱅쇼는 말 그대로 '뜨거운 와인'이다. 적포도주에 오렌지와 계피, 사과, 레몬, 정향, 생강, 흑설탕, 그밖에 넣고 싶은 과일들을 멋대로 퐁퐁 집어넣고 끓여낸다. 알코올은 증발하고 달콤한 설탕과 향긋한 과일, 쌉쌀한 정향과 계피가 신이 주신 선물인 와인과 만나 후끈하게 온 몸을 녹여준다.

처음 뱅 쇼를 한 잔 마셨을 때 석고처럼 굳곤 하던 내 몸이 제대로 된 묘약을 만났음을 알 수 있었다. '이제 살았다!' 겨울에 스와레에 가면 종종 뱅 쇼를 얻어 마실 수 있었다. 한두 번 마셔보다 급기야 나도 집에서 만들어 마시기 시작했다. 싸구려 와인을 사다가 만들어도 과일들이 애써준 덕에 어렵지 않게 제 맛을 낼 수 있었다.

12월, 동네마다 열리는 크리스마스 장터에 가면, 어김없이 곳곳에서 커다란 가마솥에 뱅 쇼를 끓여 판다. 한 국자씩 퍼서 종이컵에 담아 파는 뱅 쇼 한 잔에 2~3유로. 사람들은 둘러서서 뜨거운 뱅 쇼를 손에 쥐고 후후 불어 마시며 성탄 분위기에 젖는다. 화이트 와인으로 만드는 뱅 쇼도 있다. 집집마다 손님을 끌기 위해 다양한 비법을 선보이기도 한다. 그 뱅 쇼를 열 잔은 마셔줘야 크리스마스 시즌이 지나간다.

포도주에 향신료와 과일, 꿀을 곁들여 끓여내는 뱅 쇼의 기원은 로마제국 말이었다고 하나 현재에 이르러 뱅 쇼가 가장 사랑받는 곳은 아무래도 추운 겨울을 나야 하는 중, 북부 유럽 지역이다. 겨우내 해를 보기가 힘든 음울한 시간을 견뎌내기 위해 사람들은 이 묘약을 서로에게 건네왔을 것이다.

달콤하지 않은 인생도, 잠시 달콤하고 훈훈하게 만들어주는 것. 마약도 알코올도 아니라서 사람을 미혹에 빠지게 하지는 않지만 몸에 좋은 과실들과 만인이 즐기는 와인이 만나 후끈한 온기와 향기로움을 함께 전하니 몸과 마음이 위로를 받을 수밖에 없다. 우리가 추운 겨울에 꿀에 절인 생강차에 레몬을 곁들여 마시듯 이들에게도 추운 겨울을 거뜬히 나게 해주는 감기 예방의 역할을 하기도 하는 착한 겨울 음료이다.

방송국에서 일하는, 학창 시절 선배가 파리에 놀러왔을 때 소르본느 대학 앞 까페에서 함께 뱅 쇼를 마셨다. 그는 자신의 인생에서 가장 달콤한 순간이 소르본느 앞에서 뱅 쇼를 마실 때였다는 고백

겨울을 견디게 하는 붉은 묘약, 뱅 쇼

달콤하지 않은 인생도,

잠시 달콤하고 훈훈하게 만들어주는 것.

마약도 알코올도 아니라서

사람을 미혹에 빠지게 하지는 않지만

몸에 좋은 과실들과 만인이 즐기는 와인이 만나

후끈한 온기와 향기로움을 함께 전하니

몸과 마음이 위로를 받을 수밖에 없다.

을 한국에 돌아가 전해왔다. 인사치레의 빈말이 아니었음을 안다.

내가 처음 뱅 쇼를 마셨을 때도 똑같은 생각을 했었다.

겨울엔 뱅 쇼 하나면 된다.

겨울을 견디게 하는 붉은 묘약, 뱅 쇼

카사블랑카의
쌉싸름한 추억

처음으로 밟아본 아프리카 땅은 카사블랑카였다. 험프리 보가트와 잉그리드 버그만이 출연한 동명의 영화 속 이미지 때문에 이 도시를 남유럽 어느 항구 도시로 생각하기 쉽지만, 아프리카 북단에 있는 모로코의 항구 도시다. 모로코는 오랜 스페인의 지배를 거친 후, 20세기 초반부터 프랑스 보호령으로 있다가 1955년에 독립했다. 영화 제목이자, 하얀 집이란 뜻의 '카사블랑카'란 이름은 스페인 식민지 시절이 남긴 흔적이었다.

파리에는 모로코 사람들이 많다. 프랑스 전역에 약 140만 명, 그 중 20% 정도가 파리에 산다. 1910년부터 시작된 프랑스 식민지 역사가 알제리와의 경우처럼 치열한 전쟁으로 끝나지 않아서인지 알제리와 프랑스 사이에는 아직 매콤한 냄새가 풍기지만, 프랑스와 모로코 사이에는 비교적 말랑한 이웃 같은 정서가 있다.

이제 이민 세대가 3~4대에 이르니, 대부분은 완전히 프랑스화 된 사람들이다.

내가 안 첫 번째 프랑스인, 알리앙스 프랑세즈 학원의 불어 선생도 아빠가 모로코인, 엄마가 프랑스인이었다. 어릴 땐 카사블랑카에서 자랐지만 고등학교를 마치고 파리로 건너왔다. 북경, 도쿄를 거쳐 서울에 온 그녀는 아랍어, 불어뿐 아니라 중국어, 일본어, 한국어를 구사하는 미친 언어 능력의 소유자였고, 진정한 코스모폴리탄이었다. 알리앙스 프랑세즈 시절, 그녀는 학원 근처의 간이 함바집에서 공사장 노동자들과 함께 식사하길 즐겼다. 값싸고, 맛있을 뿐 아니라 소탈한 사람들과 함께 식사할 수 있어서 최적의 장소라면서. 겉멋 든 고급 레스토랑에서 공연히 비싼 돈 내고 밥 먹는 걸 질색했다. 화통한 그녀로부터 서울에서 불어를 배우고 파리에 온 후, 영화관에서 우연히 그녀와 재회했다. 그녀의 초대를 받아간 집에서 처음 먹어본 음식이 바로 '꾸스꾸스'였다.

그것은 풍요와 쾌락, 여유를 상징하는 듯한 음식이었다. 닭이나 양고기를 넣고 폭폭 끓인 후, 각종 야채 — 호박, 당근, 병아리콩, 무 등 — 와 토마토소스와 몇 가지 향료를 얹어 스튜를 만들고 꾸스꾸스란 이름의 굵은 밀을 쪄서 으깨 만든 곡물을 곁들여 먹는데, 모로코 특유의 원색에 굵은 선으로 꿈틀거리는 아라베스크 무늬가 새겨진 넓고 두툼한 접시에 담겨 나온다.

결정적으로 여기에 우리가 칼국수를 먹을 때 넣는 고춧가루가 뭉쳐진 양념을 얹어 매콤하게 먹는다. 기호에 따라 마음껏 매워질 수 있는 음식이라는 점, 고기를 뼈째 우려서 듬성듬성 썰어낸 야채와 함께 건져 먹는다는 점에서 한국 사람과 친해질 수 있는 음식이었다. 무엇보다 카스텔라를 갈아 놓은 것 같이 밝고 보송한 연 노란색의 꾸스꾸스가 김을 모락모락 풍기며 걸쭉한 붉은 스튜와 만나면 그 누구도 거부할 수 없는 슈퍼 음식이 된다. 우리에게 쌀이 주식이듯, 사막을 횡단하며 유목 생활을 했던 베르베르인들에게는 이 꾸스꾸스가 주식이었다. 고기 야채 스튜와 별도로 꾸스꾸스는 물과 올리브유를 살살 부어가며 스팀으로 익혀준다.

꾸스꾸스는 이후 나의 메인 요리 중 하나로 접수되었다. 나는 기존 레시피에 통마늘과 샐러리, 강황 추출물인 쿠쿠마curcuma를 첨가한다. 마늘은 언제나 그렇듯 풍미를 더해주고, 샐러리는 이 많은 재료들 중에서도 그 상큼한 향을 내주며 음식의 신선함을 더해준다. 쿠쿠마는 색을 곱게 해주는 데도 한몫하지만 강력한 해독, 항암 성분을 가지고 있어서 맛이 어울린다 싶으면 주저 없이 넉넉하게 쳐주는 향료다.

나에게 모로코의 첫인상은 꾸스꾸스였다. 풍성하고 밝고, 정열적인. 청록색 아라베스크 무늬 위에 얹힌 붉고 노란 풍요. 내가 꾸스꾸스의 신세계에 눈을 뜰 무렵, 파리의 아랍세계연구소에서는 '마티스전'이 열리고 있었다. 마티스가 모로코에서 보낸 시절에 완성된 작품들은 모로코에 대한 꾸스꾸스의 인상에 원색을 더했다. 지중해의 넉넉한 태양, 그 아래 맑게 빛나는 하얀 집들, 짙푸른 바다와 하늘, 석류 같이 이글거리는 여인들의 붉은 치마, 검은 눈썹을 당당하게 치켜뜬 여인들.

모로코에 대한 인상은 복합적이다. 만만치 않은 반전들이 이 두 가지 인상에 굴곡을 만들어 줬기 때문이다. 2000년대 초반, 어느 주말 저녁에 지하철을 탔다. 열차 안에는 와인 향이 그득했다. 살짝 시큼한 와인 향의 진원지인 듯, 잔뜩 취한 50대 후반의 남자가 비스듬히 의자 두 개에 걸터앉아 쉴 새 없이 주정 중이었다.

"러시아 여자? 그래 뭐 괜찮지. 프랑스 여자? 뭐 그런대로 나쁘지 않아, 스페인 여자? 아아…… 그래 그래 뭐…… , 튀니지 여자? 착하지 착해. 모로코 여자? 모로코 여자? 아, 안 돼. 모로코 여잔 진짜 아냐. 아냐……."

그 아저씨와 한때 인생의 조각을 나눈 듯한 여인들의 국적을 읊어대며 품평을 했다. 다들 미운 정 고운 정을 플러스마이너스 해가며 결론에 가서는 긍정으로 넘어가 주는데, 모로코 여자는 절대 관용이 안 되는 이 아저씨. 그날 밤, 모로코 여자에게 차이기라도 하셨는지, 듣기 민망한 레퍼토리는 돌림노래처럼 반복되고 객

차 안 사람들은 주정의 클라이맥스인 "모로코 여자" 대목에 들어서면 다들 '큭큭' 대고 웃는다. '아, 저 아저씨 도대체 모로코 여자랑 뭔 일이 있었기에 저래~~.'

그런데 은근히 그 웃음 속엔 일종의 동조의 감정이 섞여 있는 것이 느껴졌다. 뭐지? 혹시 다들 동감? 모로코 여자는 대체 어떤 여자기에? 그 자리에 나와 동석했던 당시 남자친구 역시 그 "모로코 여자" 대목에서 고개를 푹 꺾으며 나오는 웃음을 삼켰다. 그의 전 여친이 모로코 여자였고 누가 봐도 호락호락한 그로서는 결코 당해낼 수 없었던 어떤 '모로코 여자'적 특성이 있었다고 실토한다. 만만치 않은, 도전적인, 종종 뒤통수를 치는, 결코 물러서지 않는…….

이후, 굵고 강렬한 눈썹 아래 단호한 눈매를 가진 그녀들을 대할 때 어쩐지 긴장하게 되는 나를 느낄 수 있었다. 미지의 세계에 첫 발을 디딜 때 갖게 되는 선입견이란 이토록 치명적이다.

그러다 모로코 남자와 결혼한 친구를 사귀게 되고, 그녀의 별장이 있는 카사블랑카로 함께 떠났다. 꾸스꾸스, 마티스, 지하철 취객이 던져준 퍼즐로 맞춰가던 지중해 건너편의 세상으로.

비행기가 카사블랑카에 도착하자, 승객들이 왁자지껄 박수를 치며 "브라보"를 외친다. 지금 우리 축구 원정경기 하러 온 거야? 마치 응원단과 선수단이 전세기를 함께 타고 온 것 같은 분위기다. 이렇게나 발랄한 사람들이라니! 출렁이는 맘을 움켜쥐고 카사블랑카에 첫발을 디뎠다. 12월 초였는데도 여름의 열기가 아직 가시지 않은 듯 초가을처럼 포근했다. 바닷물에 몸을 담그고 수영을 즐기는 사람도 있을 만큼.

공항을 나서자, 일군의 사람들이 달려와 서로 자기에게 짐을 달란다. 소위 짐꾼을 자처하는 사람들이었다. 나로선 처음 경험하는 일이었다. 나는 바퀴 달린 내 짐을 누가 대신 들어주게 할 의향이 전혀 없고, 그 일을 위해 돈을 쓸 의사도 없다. 그러나 내 짐을 들겠다고 성화인 이들의 청을 모두 거절하는 건 이 일을 업으로 삼은 이들을 크게 실망시키는 일이었다. 일주일간의 카사블랑카 여행은, 처음 발 딛는 이슬람 사회에 대한 놀라운 발견인 동시에 이런 갈등의 순간과 끊임없이 마주쳐야 하는 일이기도 했다.

라디오에서는 연신 불어로 된 방송이 나왔고 우리가 가는 어느 곳에서든 질긴 흥정을 해야 했다. 관광객에게는 몇 배를 더 받아야 한다는 모든 상인들의 투철한 의무감에 시달렸고, 난 그들이 나를 한낱 돈주머니로 대하는 사실을 수용하기 힘들었다. 눈 돌리는 모든 곳에 프랑스 자본이 개입한 흔적이 역력했다. 한눈에 여전히 경제적, 문화적으로 프랑스에 대한 종속에서 벗어나지 않은 사회라는 것을 알 수 있었다. 독립을 쟁취한 지가 언젠데 왜 아직

카사블랑카의 쌉싸름한 추억

도 당신들은? 이런 질문이 맘속에 떠오르자 한국에 온 지 얼마 되지 않아 한국의 대미 종속을 대번에 간파한 칼리 아빠의 일성—聲이 떠올랐다.

"한국은 미국의 식민지야. 여긴 삼성공화국이고. 재벌과 미국이 함께 너희를 지배하네."

먼 곳에서 온 사람일수록 한순간에 핵심이 파악되는 경우가 있다. 독립은 문서 상의 명분이고 종속은 뼈아픈 현실이었다.

나를 그저 먼 데서 온 한 사람의 인류로 대하기보다 주머니를 털고 싶은 관광객으로만 대하는 시선 사이를 뚫고 이슬람과 유럽 문명이 오가며 빚어놓은 황홀한 건축물들과 마티스 그림에 등장하던 울창한 원색의 세계 속을 유영하려 애썼다. 꾸스꾸스라는 음식을 만들어 먹는 사람들의 삶은 어떤 무늬를 만들어 냈는지 궁금해 시장통을 샅샅이 기웃거렸다.

카사블랑카에서 기차로 한 시간 가면 수도 라바트가 나오는데 카사블랑카보다 아담한 사이즈의 그 도시에는 펄럭이는 상업주의가 한풀 가라앉은 대신, 모로코의 품위와 영롱한 색깔들이 좀 더 선명하게 드러나고 있었다. 자본의 힘이 줄어든 곳에는 언제나 그만큼의 인간의 숨결이 자취를 드러낸다.

모로코는 상대적으로 개방된 이슬람 국가라는 평을 듣는다. 왕이

다스리는 나라지만, 그 왕이 절대 권력을 휘두르지 않고 나름 의회 시스템을 보장하는 터라 사랑과 존경을 받는다는 것이 이 나라 사람들의 설명이다. 아랍 혁명이 옆 나라에서 연쇄적으로 일어날 때에도 여기서는 별일 없었던 것은 국민들의 왕에 대한 신망을 입증한단다. 그러나 의회는 그냥 형식이고 왕에게 실권이 있다는 말도 덧붙인다. 실권을 혼자 가진 왕이 존재하는 무늬만 입헌 군주제. 그 밑에서 아무 불만도 없는 국민이라니, 좀처럼 믿기지 않는 얘기다. 어쨌거나 모든 상점마다 어김없이 왕의 사진이 걸려 있다. 이 또한 의무가 아니라 왕에 대한 자발적인 숭배의 표시였다.

이 나라 여성들에게는 히잡을 쓸 자유도, 안 쓸 자유도 있다. 결정의 주체는 오직 여성이다. 그럼에도 불구하고 히잡을 쓴 여성들, 심지어 부르카를 쓴 여성도 있다. 쓰지 않을 권리가 있고 그것을 쓰지 않은 여성들도 얼마든 자유롭게 활보하는데 스스로의 몸에 족쇄를 채우는 여성들을 보는 것 또한 놀라운 일이었다.

여성이 남성을 유혹할 수 있는 외향적 요소들을 제거하는 게 히잡이나 부르카의 목적이다. 거기에는 남자가 여성을 유혹하는 건, 여자가 자신의 신체 일부를 드러내 유혹의 미끼를 던졌기 때문이라는 사고가 기저에 깔려 있다. 철저한 마초적 사고가 종교, 전통, 민족적 정체성과 결합해 여성을 억압하는 도구를 만들었는데 강제성이 사라진 뒤에도 기꺼이 제 손을 뻗어 그 억압의 상징을 착용하는 모습은 의회를 만들어 놓고도 왕에게 권력을 갖다 바치며 여전히 왕을 숭배하는 모습과 비슷해 보였다.

나와 지인은 종종 까페에 앉아 민트 차를 마셨다. 어느 날 고개를 휙 돌려보곤 알아차렸다. 까페테라스에 앉아 있는 여자는 우리 둘뿐이라는 걸. 아무도 외국인인 우릴 쫓아내지 않았고 불편한 시선을 보내지도 않았으나 그들의 관습은 자국 여성들이 까페에 앉는 걸 허락하지 않았던 것이다. 그들의 원칙과 관례는 계속 어긋나고 있었고 난 차츰 그 패턴에 익숙해져 가고 있었다. 이 글을 쓸 무렵, 〈르몽드〉지는 남성들이 차지해버린 북아프리카의 까페와 바bar 문화에 새로운 경향이 생겨나고 있다는 기사를 타전한다. 여성 전용 카페의 등장이 그것이다. 이건 정공법이 아니다 싶지만 이런 방식으로라도 그녀들이 카페테라스에 앉는 것은 그들 나름의 진보일지 모른다.

문득 한 가지 깨달았던 것은, 내가 파리에서 보았던 모로코 여성들의 그 압도적 눈매는 이곳에서 히잡을 벗어던진 여성들에게서만 찾을 수 있었단 사실이다. 히잡을 벗어던질 권리를 위해 싸우고 승리한 여성들에게서는 상대를 제압하고도 남는 힘줄이 꿈틀거렸다. 불행하게도 모두가 그 승리를 누릴 준비가 되어 있진 않으나 쟁취한 자유를 누리는 여성들에게는 투쟁의 근육이 불끈 솟아오를 수밖에 없었던 것이다. 지하철 취객이 지목하고 다른 남

허잡을 벗어던질 권리를 위해

싸우고 승리한 여성들에게서는

상대를 제압하고도 남는 힘줄이 꿈틀거렸다.

불행하게도 모두가 그 승리를 누릴 준비가 되어 있진 않으나

쟁취한 자유를 누리는 여성들에게는

투쟁의 근육이 불끈 솟아오를 수밖에 없었던 것이다.

자들도 은근슬쩍 인정하던, "만만치 않은 모로코 여자"에 대한 미스터리가 풀리는 순간이었다.

그러나 꾸스꾸스의 본 고장에 와서 원조 꾸스꾸스를 꼭 먹겠다는 나의 소박한 희망은 수포로 돌아갔다. 모로코 가정에서는 일 년 내내 금요일 밤마다 꾸스꾸스를 먹는다. 그것은 축제의 음식이었고, 그들에게 금요일 밤은 언제나 축제인 것이다. 재미있는 것은 이러한 관습이 가정에서뿐 아니라 식당에서도 지켜져, 식당에서도 꾸스꾸스를 먹을 수 있는 건 오직 금요일 저녁뿐 — 파리에서는 꾸스꾸스 식당에 가면 요일에 관계없이 판매한다 — 이라는 거다. 금요일 밤 늦게 도착하여 다음 주 금요일 아침에 파리로 돌아온 우리는 완벽하게 꾸스꾸스와 비껴간 여행을 한 셈이었다.

하여 본고장에서 꾸스꾸스 먹기는 여전히 인생의 과제로 남겨졌다.

◆

브르타뉴의 크레프와
김치부침개

프랑스에 와서 만났던 남자 1, 2, 3, 4가 모두 브르타뉴Bretagne 사람들이었다. 세 번째까지 브르타뉴에서 왔다고 했을 땐 웃음이 나왔고, 네 번째까지 그랬을 땐 운명이려니 했다.

프랑스 지도를 보면 북서쪽, 대서양을 향해 왼쪽으로 불쑥 길게 튀어나온 지역이 브르타뉴다. 파리에서 차를 타고 하염없이 달리다가 M자와 K자가 표지판에서 유난히 많이 보이고, 골짜기마다 전설이 어린 듯 비범한 기운이 느껴지면 브르타뉴 땅에 들어선 것이다.

거리 표지판에는 불어와 브르타뉴어가 병기되어 있다. 20세기 초까지만 해도 이 지역에선 오직 브르타뉴어만 사용했고, 지금도 브르타뉴어가 여전히 주민들 사이에서 제법 사용된다. 브르타뉴어는 사투리가 아니라 불어와 완전히 다른 언어 체계다. 독립적인 국가를 이루다가 1532년에 프랑스로 편입된 후 5세기가 흘렀지만 "당신은 자신을 프랑스인으로 느끼느냐, 브르타뉴 사람으로 느끼느냐"라는 여론조사가 정기적으로 행해질 만큼 이 지역 사람들은 독자적인 문화적 정체성을 가지고 있다.

기원전 5세기경부터 이 지역에 와서 정착한 켈트족이 바로 브르타뉴 사람들의 뿌리다. 매년 여름이면 아일랜드, 스코틀랜드 등지에 흩어져 살던 셀트 족들이 그들의 문화가 가장 잘 간직되어 있는 이 브르타뉴를 성지 삼아 모여들어 장대한 퍼레이드와 축제를 벌인다. 스코틀랜드식 남자 치마를 두르고 백파이프를 불며 여자들은 크레프처럼 가느다란 레이스로 화려한 머리장식을 하고서.

브르타뉴에서 온 네 남자가 모두 신성시하는 음식이 있었으니, 그것이 바로 크레프crêpe. 세상 어느 나라에나 하나씩은 있는 곡물가루 반죽을 얇게 부쳐내는 프랑스식 전병이다. 인도에는 난이 있고, 우리한테는 밀가루 반죽으로 만든 전이 있으며, 이탈리아엔 피자, 영미권에는 팬케이크가 있는 것처럼.

이 모든 전병들 중에 크레프가 갖는 특징이 있다면 압도적으로 얇으며 그에 반해 대책 없이 넓다는 것. 대부분의 전병들은 턱이 있는 프라이팬에서 구워내지만, 크레프는 빌릭bilig이라고 부르는 턱이 없는 미끈하게 달궈진 동그란 철판에 반죽을 얇게 바르듯 펼쳐내어 순식간에 익힌다. 바깥으로 흘러내리지도, 타지도 않게 하며 종잇장처럼 얇은 크레프를 말랑말랑하게 구워내는 것이 조리 포인트. 밀가루에 우유와 달걀, 설탕을 넣어 달짝지근하게 구워내는 크레프가 있는가 하면, 소금과 물만 넣어 약간 짭짤하게 구워내는 크레프가 있다. 이렇게 얇게 구워낸 크레프 위에 이것저 것을 얹어서 먹는데 전자에는 꿀이나 과일 잼, 초콜릿 등을 얹어 디저트를 만들고, 후자에는 햄, 살라미, 소지지, 달걀, 버섯 등 식사 가 될 수 있는 것들이 올라간다. 크레프 전문점에 가면 후자를 본 식으로, 전자를 디저트로 내온다.

거기에 곁들여 마시는 것은 사과로 빚은 술 시드르cidre. 이건 두툼한 사발에 따라 마셔주는 것이 전통이다. 화이트 와인과 달리 색깔이 투명하지 않고 텁텁하다. 투명한 와인 잔에 담길 수 없고 막걸리처럼 사발에 담아 마시는 이유다. 짠 크레프는 밀로 만들기 도 하지만, 메밀가루로 만들어서 갈색의 색깔이 되기도 하고 흑밀 로 만들어 짙은 밤색이 되기도 한다. 브르타뉴 출신 사람들이 신 성하게 여기는 크레프는 주로 메밀이나 흑밀로 만든 크레프인데 — 이것들을 따로 갈레트galette라고 부르기도 한다 — 거기에 치 즈나 햄, 달걀 같은 걸 얹지 않고, 짠 버터만 발라 먹는 게 오리지 널이라고 이들은 '강력하게' 주장한다. 파리지엔들이 크레프 위에 다양하게 얹어먹는 것들을 보며, 저건 "진짜 크레프가 아니"라고 지적을 하면서 이제는 상업화되어 전 국민의 애용식이 된 크레프를 마지못해 입에 넣는다.

잔뜩 얹을 토핑 따위는 없었던 시절, 그들은 메밀이나 흑밀로만 빚어낸 크레프를 입에 넣고 곡물 고유의 거친 맛을 곱씹으며 음미할 수 있었고, 입안에 퍼지는 버터 향만으로도 충분히 황홀한 감칠맛을 느꼈던 거다. 그들은 토핑들로 뒤덮인 오늘의 크레프에서는 메밀의 무뚝뚝한 듯 쉬운 유혹이 없는 맛을 음미할 수도, 그럴 이유도 없어진 오늘의 공허한 풍요를 아쉬워한다. 소박한 음식에서 곡물 고유의 맛을 찾아내던 과거의 혀가 사라져 가는 것을.

그들의 문화적 정체성이 소박한 음식 크레프에 간절하게 맞닿아 있는 것은 브르타뉴 지방이 갖고 있던 과거와 무관하지 않다.

사용하던 언어가 본토와 달랐던 브르타뉴는 다른 지역들로부터 상대적으로 고립되어 있었고, 그러한 현실은 경제적 어려움을 숙명으로 만들었다. 1950~1960년대 많은 이 지역 젊은이들이 파리 등 대도시로 일자리를 찾아 올라왔고, 불어를 익힌 지 얼마 안 되는 이 지방 사람들은 저임금 노동자의 자리에 몰려 있게 된다.

60년 초에 간호사가 되려고 파리에 왔다는 친구 어머니는, 파리에 와서 처음 지하철에 올라타면서 앉아 있는 승객들한테 인사를 하고, 코트를 벗어 걸어둘 데를 찾았는데 안 보여서 당황했었다는 이야기를 들려준다. 그녀에게 지하철 안에 들어서는 건 남의

그들은 토핑들로 뒤덮인 오늘의 크레프에서는
메밀의 무뚝뚝한 듯 쉬운 유혹이 없는 맛을
음미할 수도, 그럴 이유도 없어진
오늘의 공허한 풍요를 아쉬워한다.
소박한 음식에서 곡물 고유의 맛을 찾아내던
과거의 혀가 사라져 가는 것을.

집에 들어서는 거랑 비슷한 일로 여겨졌던 것이다. 브르타뉴 시골 아가씨의 전형적인 파리 상경기의 첫 대목이다. 고생고생하며 파리에 정착한 그들은 밍밍한 메밀 갈레트를 곱씹으며 자신들이 떠나온 곳을 잊지 않으려 한다.

우리나라 사람들이 세상 어딜 가든 비빔밥과 불고기를 만들어 파는 것처럼, 프랑스 사람들도 세상 구석구석에서 크레프를 만들어 판다. 뉴욕에 갔을 때, 숙소였던 브루클린의 주택가에도 소박한 브르타뉴식 크레프 가게가 성업 중이었다. 프랑스 음식에 대한 비싸고 복잡하고 거창한 음식이라는 선입견과 달리, 크레프는 가벼운 음식이고 토핑에 따라 충분히 개성을 살릴 수 있으며, 곁들여지는 음식들이 모두 소박한 것들이어서 어디서든 쉽게 환영받는다.

한국에도 1990년대 잠시 크레페라는 이름으로, 화려한 간식으로 둔갑한 크레프가 반짝 유행하던 시절이 있었다. 아이스크림, 과자, 생과일, 생크림 등으로 화려하게 장식되어 콘 타입의 아이스크림 모양으로 뾰족하게 말아 손에 쥐고 먹는 스타일의 크레프는 사실 원조국인 프랑스엔 존재하지 않는다.

홍대 쪽에서 잠시 유행하다 시들해진 국적 불명의 크레프를 다시 본 건 파리의 한 복판, 마레에서다. 칼리가 학교 끝난 후, 종종 가서 간식으로 사 먹는 데가 있다고 해서 따라가 봤더니, 거의 파르페에 가까운 내용물을 크레프로 감싸서 손에 쥐고 먹게 만들어내는 크레프 가게였는데 온통 일본 만화 캐릭터로 장식된 조그만 일본 크레프 가게였다. 크레프가 바다를 건너 일본식 상상력을 만나 파리로 역수출된 케이스로 나름 성업 중이었다. 우리 집 딸내미도 친구들까지 데리고 가 줄 서서 정기적으로 유로를 갖다 바치고 있으니.

덕유산 중턱에 흙집을 짓고 사는 퀘벡 친구가 있었다. 지금은 온 가족이 퀘벡으로 갔지만. 한국 여성과 함께 아이를 낳고 농사 지으면서 살던 그 친구 집에 놀러갔을 때, 아침에 부스스 일어나 한 팔로는 돌 지난 아이를 안고, 다른 한 팔로 휘휘 반죽을 만들어 크레프를 부쳐내는 친구를 보았다. 흐리지도 않은 하늘 아래로 비는 내리고 산 속에 파묻힌 집 앞은 물안개로 뿌옇기만 한데 노래를 흥얼거리며 크레프를 하염없이 부쳐내는 친구의 모습은 단순한 음식 크레프의 본질을 단박에 일깨워주는 풍경이었다. 곡식 가루와 물, 소금만 있으면 만들어낼 수 있는 게 바로 크레프였다. 계몽주의 철학자 루소와 같은 성을 가진 그 친구에게는 캐나다인보다 프랑스인의 습관이 더 짙게 배어 있었다. 생각보다 심플하고 본질적인 것에 천착하며, 이것저것에 의미 부여하기 좋아하면서도 형식에 갇히지 않는.

프랑스에서 만난 네 번째 남자이자, 딸의 아빠이기도 한 희완 Riwan — 이것은 물론 브르타뉴 이름이다 — 은 김치부침개를 '한국식 갈레트'라고 부른다. 그에겐 김치부침개가 메밀 갈레트에 버금가는 신성한 음식이다. 그 어떤 프랑스인이 와도 김치부침개 하나면 다 재패할 수 있다는 것이 그의 지론이다.

아주 틀린 말은 아니어서, 여태까지 나의 김치부침개를 먹어본 프랑스인들은 모두 무릎이라도 꿇겠다는 듯한 표정으로, 이렇게 맛있는 건 어떻게 만드는 거냐며 감탄을 한다. 레시피를 달라고, 어디 가면 또 먹을 수 있냐고…… . 모르긴 해도 김치의 막강한 힘에 기대어 많은 한국인들이 세상 곳곳에서 이 같은 영광을 누리며 살고 있을 것이다. 흔한 달달함도, 남의 살도 아니면서 이 표현할 길 없는 매력적인 맛을 이들은 구경해본 적이 없는 거다.

나름의 비결이라면, 싱싱한 생물 오징어를 빼놓지 않고 넣어준다는 것 정도. 바닷냄새가 어우러진 김치는 더욱 매력적인 맛을 풍기고, 김치와 익은 오징어의 식감은 비슷한 데가 있어 잘 어울린다. 파를 잔뜩 넣어서 초록 색감도 살리고, 될수록 얇고 바삭하게 부쳐내는데 끈기를 위해 쌀가루나 전분을 조금 첨가하는 것도 나름 비법이라면 비법이다.

넷플릭스로 불어 자막이 달린 한국 드라마를 보다가 김치부침개가 등장한 것을 보고 몹시 반가워하던 칼리 아빠는 거기에 'pan cake'라는 자막이 달린 걸 보고, 벌떡 일어나 "이것은 스캔들!" 이라고 외치며 흥분한다. 어떻게 김치부침개를 팬케이크로 격하시킬 수 있느냐는 말씀이다. 이 두 가지는 완전히 다른 '에스프리'를 가진 음식이라는 거다. 맞는 말인데 이 사람이 이렇게까지 음식 제목에 대한 어설픈 번역에 흥분하는 건, 브르타뉴 사람 특유의 갈레트, 크레프에 대한 깊고 깊은 애정이 아니면 또 설명이 안 되는 부분이다.

프랑스엔 '브르타뉴 사람처럼 고집 센'이라는 표현이 있다. '마르세유 사람처럼 허풍 센'에 못지않게 널리 사용되는 말이다. 그 표현을 온몸으로 입증하는 듯한 사람이 칼리 아빠다. 화가 나면 머리카락까지 하늘을 향해 곤두서고, 미국식 상업적 획일주의가 모든 문화적 다양성들을 뭉개고 맛을 하향평준화 시키는 일에 불끈불끈 저항하길 멈추지 않는다. 아마 그걸 멈추기 시작한다면, 그가 늙기 시작했다는 증거일 터이니 그런 날을 기대할 수도 없다.

다행히도 그가 김치부침개에서 팬케이크의 쉬운 맛과는 상반된 깊고도 거룩한 맛을 발견하며 제2의 크레프로 받아들이면서, 그는 미각적으로뿐 아니라 정서적으로도 김치부침개에 크나큰 애정을 나누기 시작했다. 그 덕에 우리의 불완전한 평화는 그럭저럭 오래 유지되어온 것 같다.

음식은 정말 힘이 세다.

브르타뉴의 크레프와 김치부침개

Chapter 2

◆ ◆ ◆

Meals at the Table
한 끼, 밥상을 차리는 말

◆

삶의 구체성을 일깨워주는,
노동

내게 삶의 구체성을 알게 해주는 건 집안일이다. 어느 날, 구멍 난 옷들을 죄다 꺼내 놓고 바느질로 수선하다가 이런 진실에 번쩍 눈을 떴다.

동서고금을 막론하고, 여성들은 남성들보다 오래 산다. 통계청이 2017년 12월 5일 발표한 '2016년 생명표'에 따르면 한국의 경우, 여성의 평균 기대수명은 85.4세로 남성 79.3세에 비해 6년이나 길다. 자살자의 비율은 남성이 두 배쯤 높고 — 2016년 통계청이 발표한 바에 따르면 자살자의 수는 남자가 여자에 비해 2.4배 높다 — 세상의 부의 대부분은 남자들 손아귀에 있으나 노숙자의 대다수 — 한국의 경우 97% — 는 남자이기도 하다.

이러한 현상을 설명해주는 여러 가지 가설들이 있겠으나 그중 하나가 여성들은 수세기를 걸쳐 삶의 구체성에 밀착되어 살아왔기 때문이 아닐까 생각한다. 그들이 어떤 직업을 가졌건, 누구든, 살림을 조금씩은 건사하며 살아가기 때문에 획득하게 되는 구체성. 살림을 건사해가는 동안 얻는 지혜로 하늘과 땅 사이에서 균형을 잡을 줄 알고 낯선 상황에서도 도움을 구하거나 건넬 줄 알며, 주변의 생명체들을 돌보고 헤아리는 태도를 획득하기 때문이다. 사람은 주고받을 사랑이 있어야 살 이유를 갖는다. 낮고 넓은 수평적 연대에 익숙한 존재들인 여성들은 그들이 엮어온 일상의 자잘한 의무와 관계 속에 실핏줄처럼 무수한 연계망을 갖는다. 그래서 여성들은 오래 잔잔한 기쁨과 슬픔을 요리하며 살아갈 힘과 이유를 얻는 것이다.

밥을 짓고, 식탁보를 깔고, 청소를 하고, 빨래를 널고, 가끔 바느질을 하고, 화분에 물을 주고, 길고양이들의 먹이를 챙기고, 김치를 담그는 그 모든 반복적 일들을 일컬어 우린 '살림'이라고 부른다. 그 살림과 상대적으로 떨어져 있는 남성들의 삶은 균형을 잃고 치우치기 쉽다. 그래서 그들은 도약하기도 쉽지만 추락에도 익숙하다. 세상 대부분의 거부도 그들이지만 대부분의 노숙자들도 그들인 이유다.

글을 쓰거나 번역하는 일, 주로 활자와 씨름하는 것이 내가 세상과 만나는 주된 방식이건만 삶의 구체성은 키보드를 두드려 만들어내는 글로는 만나지지 않는다. 그것은 추상과 관념의 세계 속에 내 몫의 함성을 보태는 일일 뿐이다. 종종 메아리되어 내게로 되돌아와 내 관념을 이동시키거나 확장시키고, 때론 상처를 내기도 한다.

누군가 제 손을 써서 마늘을 다듬고, 제 손에 빨간 고춧가루를 묻히며 절인 배추를 버무리지 않는 한, 김치라는 음식은 만들어지지 않는다는 사실. 누군가 침대 시트를 부지런히 갈아내지 않는한, 보송한 침구 위에서 늘 잠들 수 없다는 사실. 외투 속 주머니에 콩알만 한 구멍이 생기면 바늘에 실을 꿰어 구멍을 메워야만 외투가 제구실 할 수 있다는 사실을 살림은 낱낱이 깨닫게 해준다.

밥이 하기 싫으면 전화로 주문을 하거나 나가 사 먹으면 되겠지만 그 또한 나 대신 누군가의 손이 움직여 만들어낸 음식이며 음식의 재료 또한 농부의 손에서 일궈졌고, 누군가 배달이라는 노동을 통해 내게 전달되어질 때 내 뱃속으로 들어갈 생명의 원천인 한 끼가 완성된다. 1차적인 인간의 노동 없이 세상은 결코 형성되지 않을 거란 사실을 깨달음과 동시에 그 1차 노동이 나로부터 점점 멀어질 때 우린 괴물이 되어갈 거란 걸 직감한다.

직접 채소와 생선, 고기를 다듬으며 요리를 할 때, 그들이 살아 있는 동안 어떻게 취급받았는지 보며 생명체로서 충분히 존중받는 삶을 누리며 살았기를 바라게 된다. 그런 마음에서 유기농식품을

삶의 구체성을 일깨워주는, 노동

1차적인 인간의 노동 없이 세상은

결코 형성되지 않을 거란 사실을 깨달음과 동시에

그 1차 노동이 나로부터 점점 멀어질 때

우린 괴물이 되어갈 거란 걸 직감한다.

먹게 되고 허투루 버리지 않게 된다. 마당에서 뛰어놀다가 생을 마감한 닭이 아니라, 발 한 번 마당에 디뎌 보지 못한 채 양계장에서 사육당하다 죽은 닭을 마트에서 만나면 그 저렴한 가격에 오히려 소스라치게 놀란다. 오직 '가격 경쟁'이라는 신성한 자본주의의 당위를 위해 하나의 생명체가 공산품으로 취급당하며 방부제로 범벅된 사료로 키워지다 살아 있는 존재로서 '삶'이라 부를 수 있는 시간을 단 한 순간도 누리지 못한 채 식탁에 올라왔을 때, 우린 무엇을 위해 무엇을 먹게 되는 것일까.

삼계탕을 끓이느라 닭을 씻으며 그 다리에 아직 남아 있던 오렌지 빛 깃털들을 손으로 뽑아냈다. 마당을 뛰어다니던 농장 출신의 닭이었다는 그의 짧은 생이 이렇게 우리 가족의 피와 살이 되는 걸로 마감되고 있다는 삶의 적나라한 구체성을, 돈으로 치러 모든 1차적인 노동을 삭제하며 살아갈 때는 만날 수 없다.

"세상은 저절로 깨끗해지지 않습니다. 누군가 쓸고 닦지 않으면요. 이 세상의 부패한 세력도 청소해야 합니다. 한 번으로 깨끗해지지 않으니 지속적으로 청소해야죠!"

2017년 광화문 촛불에 참석했던 한 청소노동자의 말이다. 그는 청소라는 노동을 통해 우리가 사는 세상은 누군가 지속적으로 쓸고 닦지 않는 한 저절로 깨끗해지지 않는다는 단순한 진리를 몸으로 깨닫고, 부패한 세력에 대해서도 같은 이론이 적용되어야 함을 직시한다. 살림을 하는 모든 사람들은, 방에 쌓인 먼지들이 시간이 지나면 오직 쌓여갈 뿐 저절로 없어지는 법은 결코 없다는 사실을 안다.

아침에 눈을 뜨면, 오늘만은 어디에도 곁눈 주지 않고 책상에 앉아 마냥 키보드 위를 달리겠노라, 비장한 마음으로 침대를 나서지만 계단 하나하나에 떨어진 머리카락, 메말라 있는 화분들, 바짝 마른 지 오래된 빨래들이 내 눈길과 손길을 붙잡는다.

내가 살림살이로 그득한 이 공간을 떠나지 않으면 아무것도 못 하겠다 싶어 노트북을 집어 들고 까페로 피신하면 그때 비로소 한두 발자국 더 나아갈 수 있지만, 날마다 집을 탈출하는 데 성공하는 건 아니다. 꼬질꼬질한 일상은 관념의 작업인 나의 글쓰기를 방해하며 비집고 들어오기 일쑤지만 둘 사이를 화해시키고 글 속에 일상을 끌어들이며 요리해 가는 것도 나의 역할이다.

마르그리트 뒤라스는 "글 쓴다는 것은, 소리 없는 외침"이라고 했다. 목소리를 갖지 못한 나약한 것들에 시선을 고정하고 그것들이 들려주는 사소한 이야기들로 오케스트라를 꾸려나가는 것, 그것이 나의 일, 글쓰기다. 내 손이 하는 주된 노동인 글짓기와 밥 짓기는 다행히도 불화하지 않을 수 있는 소통의 창구를 찾았다. 일상의 노동을 더듬어내는 글쓰기를 통해 글이 밥이 될 뿐 아니라 밥도 글이 되면서, 두 가지 노동은 서로를 보완하고 격려해주는 관계를 맺는다.

더러운 걸레 하나를 깨끗이 빨아낸 적 없는 사람들이 세상을 지배하고 호령하면서 지구별 골짜기마다 비참이 수북이 쌓여간다. 인간들이 고루 나누어 행하는 건강한 노동이 인간을 마침내 구할 것이다. 누군가 과하게 그것을 독차지하더라도 1차적인 노동으로부터 온전히 비껴간 그 어떤 삶도 건강하게 균형을 잡으며 살아갈 수 없다.

하여 어떤 형태로든 노예는 사라져야 한다. 타인을 위해 제 노동을 온전히 바치느라 자신을 돌볼 신성한 노동의 시간을 가질 수 없기 때문이며, 노예의 손으로 제가 할 모든 노동을 대신하는 자 또한 삶의 구체성을 온전히 상실하고 병들어 갈 것이기 때문이다.

삶의 구체성을 일깨워주는, 노동

◆

굴 까는 남자,
희완

이사도라 던컨의 어머니는 그녀를 임신했을 때 샴페인과 굴밖에 먹을 수 없었다고, 던컨은 자서전에 적고 있다. 그녀는 아름다움과 사랑의 여신인 아프로디테를 상징하는 음식인 굴에 샴페인을 부어 빚어진 존재로 자신의 탄생 신화를 전했다.

2002년 12월, 처음 칼리 아빠가 자기 집에 나를 초대했을 때 그가 마련한 음식도 굴이었다. 그맘때면 우리가 추석 무렵 사과나 배를 궤짝 채로 쌓아놓고 파는 것처럼, 프랑스에서는 마트나 장터에서 굴을 나무상자에 담아 쌓아놓고 판다. 희완은 마치 거창한 음식이라도 마련하는 것처럼 부산스러운 분위기를 한껏 내며 생굴을 껍질째 식탁 한편에 쌓아놓고 굴 까는 도구로 껍질을 반쯤 벌려 내 접시에 놓아주었다. 곁들여진 음식이라곤 흑빵과 짠 버터, 감미로운 향이 뛰어난 백포도주 뮈스까데Muscadet뿐.

그의 지론에 따르면, 굴을 먹는 사람이 각자 굴 껍질을 칼로 떼어내면서 '츄릅' 하고 굴을 흡입하고 껍질 바닥에 고인 짠 바닷물까지 후루룩 마셔주는 것이 '굴 먹기'의 정석이다. 나는 그가 가장 중요한 단계라고 말하는 껍질에 남아 있는 짠 바닷물을 매번 껍질과 함께 버리는 만행을 저질러 그를 경악시켰으나 그는 차마 날 꾸짖지 못했다. 짠물에 둥둥 떠다니는 모래인지 껍질 조각인지를 희완의 정성어린 선동에도 불구하고 삼킬 수 없었다.

굴을 먹을 땐 호밀로 만든 매끈한 흑빵에 짭짤한 버터를 발라 먹는 것이 제대로 굴을 즐기는 방법이라고도 했다. 17세에 파리에 오기 전까지 그가 나고 자란 프랑스의 서해안 브르타뉴식의 굴 먹는 방법이다.

우리나라에서도 굴전이든, 보쌈에 버무린 굴이든, 굴이 들어가주면 고급 버전의 음식이 되곤 한다. 굴에 바쳐지는 프리미엄은 서구와 비슷한데 결정적으로 다른 점이 있다면 익힌 굴도 먹고 생으로 먹더라도 양념을 버무려 먹는 경우가 많다는 점. 반면 프랑스에서 굴을 먹는 방법은 한 가지다. 날 것으로 껍질째 들고 입으로 빨아들인다. 고급 식당에 가봐야 달라지는 건 삼발이가 달린 높은 쟁반 위에 굴이 놓이고 레몬이나 소스가 옆에 놓여지는 정도다.

굴을 한 가지 방식으로 밖에 먹을 줄 모르는 프랑스 촌놈, 희완이 한국에 와서 다양한 방식으로 굴을 익혀 먹거나 매운 양념에 버무려 먹는 걸 보고 놀라 자빠지며 굴을 익혀 먹는 건 굴에 대한 모독이라고까지 농담 삼아 말하곤 했다. 한국 음식을 사랑해서 한국에서 지내는 3년 동안 프랑스 음식은 입에 댈 생각도 안 했던 사람이지만 굴에 대해서만은 자신이 신성하게 여기는 그 방식으로만 먹기를 고수했다.

프랑스 사람들은 '레 쥐~트르les huîtres(굴을 뜻하는 프랑스어)'라고 발음할 때면 눈이 반짝거리고, 입가엔 생기가 번진다. 그 단어를 발음하는 것 자체로 엔도르핀이 돌기라도 하는 것 같다. 상한 굴을 먹고 고생한 경험이 있는 사람은 그 후 다신 입에 안 대는 경향이 있지만 그렇더라도 굴은 대부분의 사람들이 열광적으로 좋아하는, 상 위에 놓이는 것만으로도 탄성을 자아내는 파티용 음식이기도 하다. 굴에 대해 각별한 호감을 갖고 있지 않았던 나도 굴에 대한 프랑스식의 호들갑에 감염되어 '레 쥐~트르'를 말할 때면 눈을 동그랗게 뜨고 진한 미소를 입가에 찌익 올리는 사람의 대열에 서게 되었다.

내 입장에서 집에서 굴을 먹는다는 건, 다른 요리는 못 해도 굴 까는 거 하나는 마땅히 제 일이라 여기며 '묵묵히 까는' 칼리 아빠를 부려먹을 수 있는 기회이기도 하다. 굴은 나의 희비극이 엇갈리는 운명적 음식이다. 그것은 희완이 나에게 직접 대접해줄 수 있는

'유일한' 음식이기 때문이다.

그가 처음 나를 자기 집에 초대하여 대접한 음식이 굴이었던 건, 자신이 좋아하는 음식이기도 하지만 동시에 제 정성으로 마련할 수 있는 음식의 최대치가 그것이었기 때문이란 걸 뒤늦게 알았다. 그날 이후, 다른 레시피를 알지 못하는 그는 날 초대할 일이 있으면 집근처 식당에서 했기에 난 요리와 담 쌓은 그의 삶을 짐작하지 못했다.

내가 아는 거의 모든 프랑스 남자들은 요리를 제법 한다. 적어도 2~3가지 주특기가 있어서 손님을 초대하는 날이면 그들이 앞치마를 두르는 경우를 흔히 본다. 희완은 집에서 주기적으로 요리를 하지 않는, 내가 아는 유일한 프랑스 남자다. 그렇다. 이 방면으로 난 지독히도 운이 없었다.

오랜 독신 생활 속에서 그는 조리의 과정이 거의 생략된 식생활을 해왔다. 퀴노아로 만든 스파게티 면을 삶아 올리브유와 간장을 뿌려 먹는 게 그의 주식이었다. 기껏해야 샐러드나, 청어 통조림을 따서 곁들여 먹는 정도. 혹은 제철 과일이나 야채들을 한 다발씩 사다가 없어질 때까지 줄곧 먹어치우는 식이었다. 아침 식사만은 독일의사 요한나 부두빅이 만들어 널리 유럽 사회에 알려진 부두빅 크림(crème Budwig)을 공들여 만들어 먹었다. 제법 번잡한 이 아침 식사를 매일 먹도록 설득한 그의 주치의, 닥터 블랑쉬에게 경의를 표하지 않을 수 없다.

부두빅 크림은 귀리, 보리, 통밀 등의 5가지 시리얼과 레몬즙, 저지방 요구르트에 아몬드, 헤즐넛 등 3가지 견과, 바나나를 비롯한 3~4가지 생과일, 거기에 아마 씨 기름 한 숟가락을 넣어 잘 섞어먹는 건강식 아침 식사다. 그가 유지하는 강철체력의 비결인 듯했다.

그 외엔 일체의 조리 과정을 삶에서 제거한 채 살아왔다. 단, 그가 사들이는 모든 식품들은 철저하게 유기농식품이라는 면에서 그는 제 나름의 '고급' 식단을 유지해 왔다고도 할 수 있다. 어찌 보면, 음식을 직접 자연에서 구해오지 않고 돈 주고 사 오는 게 다를 뿐 음식을 조리해 먹는 현생인류가 맞나 싶을 정도로 요리는 그가 접근한 적 없는 문화였다.

물론, 이것은 그의 굳어진 습관일 뿐 아니라 '나름' 심도 깊은 철학과 정치적 판단에 근거하여 결정한 선택이라고 했다. 굳이 복잡한 조리 과정을 거치지 않고, 원재료 가까운 상태에서 단순하게 음식을 먹는 것이 가장 건강한 음식인 데다가 한 사람의 인생에 주어진 제한된 시간에서 할 수 있는 수많은 흥미로운 일 가운데 부엌에서 음식을 만들고 치우는 반복 노동을 최소화하는 게 바람직하지 않겠냐는 것이 그가 내놓는 제 식습관의 이유였다.

여기까지 들었을 땐, 그런가 보다 고개를 끄덕여 줄 수 있었다.

지나쳐 버리기엔 간단치 않은 패러독스가 발견되지 않았다면 말이다.

문제는 요리에 관한 한 '심플리스트'의 철학을 가진 그가 장시간을 부엌에서 딸그락거려 만들어낸 나의 탕수육이나 잡채, 안동찜닭 같은 요리에 '열광'한단 사실이다. 열광하는 고객의 반응은 요리사를 확실히 고무한다. 내게뿐 아니라 남의 집에 초대받아 가서도 정성들여 만들어진 음식을 먹고 난 후 요리사를 향해 찬사를 바치는 분야에서 그는 세계챔피언 감이다. 그가 요리사를 향해 해야 할 칭찬을 다 했기 때문에 나머지 사람들은 가벼운 마음으로 그냥 먹어주면 되는 상황이 늘 전개되곤 한다.

그가 식탁에서 던지는 음식에 대한 칭찬은 요리의 기술을 익히지 않은 사람이 기술과 정성이 축적된 요리를 종종 먹으며 살아가기 위해 연마한 생존본능일까? 게다가 공동의 삶이 10여 년을 넘기다 보니 우리 관계가 가장 부드러울 때 역시, 내가 공들인 음식을 식탁 위에 내놓는 횟수가 잦을 때라는 통계마저 잡히기에 이르렀다.

그의 심플리스트 음식 철학이 단순히 게으름에 근거한 궤변은 아니었을까, 의심의 실타래를 꼬아보다가도 시골집으로 1~2주씩 가서 홀로 지내는 동안 본래의 그 원초적 식습관으로 어김없이 돌아가 즐거움을 만끽하다 돌아오는 그를 보면, 의심의 실타래가 풀리길 거듭하곤 했다. 의심의 고개를 넘으며 자신을 바라보는 내게 그는 어느 날 이런 답을 내놓는다.

"조리의 과정 없이 있는 그대로의 식재료를 가장 단순하게 먹는 것도 즐겁고, 너의 정성과 재능이 빚어내는 새로운 맛을 경험하는 건 황송하고도 경이로운 일이야."

그랬다. 그는 진심으로 내가 한 모든 요리에 감사해하고, 인간이 인간을 위해 정성껏 식탁을 차려내는 행위에 감읍해했다. 자신은 갖지 않은 갈래의 마음과 그 마음이 깃든 식탁을 진정 고마워할 줄 아는 것도 인간이 갖춘 가치 있는 미덕이다.

아무나 갖고 있지 않은 제법 소중한.

그는 진심으로 내가 한 모든 요리에 감사해하고,

인간이 인간을 위해 정성껏

식탁을 차려내는 행위에 감읍해했다.

자신은 갖지 않은 갈래의 마음과

그 마음이 깃든 식탁을 진정 고마워할 줄 아는 것도

인간이 갖춘 가치 있는 미덕이다.

◆

부엌에 서면
길을 잃는 그분들

동네에 '여성의 집(La Maison des Femmes des Thérèse Clerc)'이 있다. 이 동네가 낳은 걸출한 페미니스트, *테레즈 클레흐와 그의 여장부 친구들이 시청 앞을 에워싸고 피켓 시위를 해서 장소를 얻어내고 시와 도의 지원금을 받아 20년째 꾸려가는 여성 버전의 '민중의 집'이다. 거기서 한 달에 두 번 정도 강연이 열린다.

어느 날 내가 번역한 책의 저자가 그곳에서 신간에 관한 강연을 한다고 해서 찾아가 들은 적이 있다. 그날, 그녀는 어렸을 때부터 자기는 '아빠가 집안의 가장'이란 말을 전혀 이해할 수 없었다고 하면서 한 일화를 들려주었다.

엄마가 수술을 받게 되어 닷새간 집을 비우게 되었고 아빠가 열 살이 안 된 두 자녀의 식사를 담당하게 되었단다. 저녁 식사 시간이 되자 아빠는 막막한 표정을 지으며 아이들에게 이렇게 물으셨다.

"너희들은 보통 뭘 먹니?"

두 아이는 아무 대답 없이 한참 동안 아빠를 물끄러미 쳐다보았고…… 매일 식탁에 마주 앉아 엄마가 해준 음식을 같이 먹어온 사람이 마치 오늘 지구에 도착한 외계인들에게 묻듯 "당신들은 무엇을 먹고 사냐"니. 일곱 살이던 그녀는 순간 "아빠는 바보"라는 사실을 알았고, 그때의 결론은 이후로도 크게 달라지지 않았다. 삶에서 가장 중요한 것들, 사람은 무엇을 먹고 살고 사람이 아프거나 슬플 땐 어떤 말을 해줘야 하는지에 대해 남자 어른들은 잘 모른다는 걸 그때 알았다고 했다.

이 에피소드에 95%가 여성이던 좌중은 손뼉을 치며 폭소를 터뜨렸다. 그녀의 이야기가 특별히 우스워서가 아니라 그녀 아버지의 태도가 여성들이 일상에서 수시로 접하곤 하는, 지구촌 남성 공통의 상상초월 백지 같은 면모에 대한 공감의 지대를 건드려 주었기 때문이었다.

한국의 한 여성 웹 커뮤니티에서 한 멤버가 털어놓은 이런 에피소드를 접하기도 했다. 주말 오후, 남편이 마트에 간다고 해서 "그럼 나 백설기 하나 사다 줘." 하고 아내 되는 분이 부탁했다. 돌아온 남편 손에는 백설표 식용유가 들려 있었다. 어처구니가 없고 웃기기도 한 상황에 직면한 아내 분, 이 황당함을 다른 가족과 나누고자 중학생 아들에게 설명했더니, 아들 왈 "아빠! 백설기는 밀가루잖아!!" 하며 꽥 소리를 지르고 제 방으로 들어가더란다. 아들을 시켰더라도 백설기가 배달되었을 가능성은 없었음을 확인하고 결국 힘 안 들이고 달달한 백설기 하나 입에 넣는 데 실패한 그분이 털어놓은 속터지는 부자지간에 대한 토로는, 포럼 멤버들이 겪은 오만가지 비슷한 버전의 이야기 릴레이를 이어가게 만들었다. 물론 그날의 결론은 "아니 도대체 왜 남자들은?" 이었다.

부엌에서 뭘 만들어 먹는 부분에서뿐 아니라 단지 돈을 주고 뭔가를 사 오는 데 있어서도 식품 언저리로 품목이 좁혀지면 남자들은 이상하게도 길을 잃는 경우가 많다.

프랑스 여성의 집에서 벌어진 박장대소처럼 지구촌 남성들과 짝을 이뤄 살아가는 대부분의 여성들은 지식 수준이나 연령 층에 무관하게 나머지 절반의 인류들이 특정 분야에 대해 간직하고 있는 순백의 면모에 대해 토로하고 같이 방바닥을 치며 털어내야만 하는 잔잔한 분노를 공유한다. 남성들이 딱히 악의로 그러는 것 같지는 않지만 아무리 가르치고 100번을 훈련시켜도 101번째 또 다시 물어보거나 또 다시 틀리고 마는 그들과 살아가면서 알게 모르게 쌓이는 분노의 분말들을 해소하지 않고 쌓아두면 간혹 감당하기 힘든 폭발물로 뭉쳐지기 때문이다.

여성의 집은 어려움에 처한 여성들에 대한 법률적, 행정적 지원과 문화활동을 함께 나눌 뿐 아니라 인류의 평화를 위한 여성들의 '감정의 해우소' 역할도 담당하고 있었다.

칼리 고모와 만나면 늘 나누게 되는 이야기의 한 카테고리도 각자의 동거남에 대한, 털어놓을 데가 마땅치 않았던 에피소드들이다. 그녀의 남편은 살림 영역에서 자신의 오빠에 비해 견줄 수 없는 수준의 능력을 보유한 남자다.

　우리가 그들 집에 놀러 가 며칠 묵게 되면 아침에 가장 먼저 일어나 모든 사람들이 마실 커피와 차, 과일 주스를 준비하는 사람은 칼리 고모부다. 빵, 과일 잼, 버터 등 아침 식사를 위해 필요한 것들을 가지런히 식탁 위에 가져다 놓고 식탁에 둘러앉을 사람들을 위해 접시며 포크, 나이프를 세팅한다. 역시 일찍 일어나는 편인 나는, 커피를 마시며 그런 그의 모습을 보면서 담소를 나누곤 한다.

　30분쯤 뒤에 칼리 고모가 가운을 걸치고 나오고 고모부는 다가가 양쪽 볼에 볼 키스를 해주며 포근한 온기로 아내를 맞이한다. 아침 식사가 끝나고, 아내가 그날 점심에 먹을 메뉴를 정하면 그는 늘 착실한 조수 노릇을 하고자 대기 중이다. 식사 준비를 거들고, 먹고 나면 치우고 잘 분류하여 식기세척기에 돌리는 것도 그의 몫이다. 그러나 이런 남자에 대해서도 칼리 고모가 포기하기에 이른 대목이 있었으니 그것은 혼자 장보기 심부름이다.

아무리 간단한 것을 사 오라고 해도 그는 늘 용량과 개수, 상표, 조금씩 다른 향…… 그런 대목에 가서 길을 잃고 혹시 실수할까 봐 전전긍긍한다. 3~4번씩 전화를 하고 사진을 찍어서 이거 맞느냐, 재차 확인을 해야 끝난다. 그럴 때면 차라리 내가 가서 사는 게 빠르겠다는 후회가 밀려오길 무한 반복한단다. 은퇴한 아내와 함께 살림을 나눠서 하게 된 지 5년이 지났지만 그의 증세는 전혀 개선되지 않고 있단다.

내가 종종 집을 며칠씩 비울 때면 냉장고와 부엌 서랍장에 먹을 것들을 잔뜩 채워놓고 그저 꺼내 먹을 수 있도록 해놓지만 돌아와 보면 준비해 놓았던 음식들은 건드리지도 않은 채 온갖 다른 것들을 사 먹은 흔적이 낭자하다. "어째서?" 하고 물으면 "그런 게 있는지 몰랐다. 안 보였다."는 답이 칼리 아빠 입에서 나온다. 문짝 두 개 달린 최신식 냉장고도 아니고 30년 전 한국에서 쓰던 것 같은 작은 모델의 냉장고이지만 그에게 냉장고는 무한한 미로이기라도 한듯.

칼리 고모는 자신의 친구 남편들도 똑같은 증상을 하나같이 보여서 친구 하나는 도저히 냉장고 안에 있는 치즈를 찾지 못하겠다는 남편에게 "당신은 냉장고 안에 소가 들어 있어도 못 찾을 거야!" 하고 소리를 질렀다는 얘기를 들려준다. 우린 이 이해할 수 없는 남자들이 세상 어디에나 있다는 사실로 나름 위안을 삼으며 그들을 참고 살아가는 여성들끼리의 전략을 공유하기도 한다.

아내와 아이들에 대한 깊은 애정을 시시때때로 드러내 대통령으로서의 업적보다는 멋진 남편 상을 연출한 셀럽으로 인류에 더 큰 기여를 한 오바마의 책 《담대한 희망》(랜덤하우스코리아, 2007)에도 비슷한 장면이 나온다. 둘째 딸 사샤의 생일 파티가 있기 전날, 딸의 생일 파티 준비를 위해 거들고 싶었던 오바마는 아이들에게 나눠줄 과자 봉지를 사러 가는 일을 맡겠다고 자청했다. 그에 대해 아내 미셸은 깔깔 웃으며 이렇게 답한다.

"과자 봉지 사는 일은 당신이 못 해."

먼저 생일 파티 용품을 판매하는 곳에 가서 적절한 봉지를 골라야 하고 그 봉지에 뭘 담을지 정해야 하는데 남자아이들이 선호하는 과자와 여자아이들이 선호하는 과자가 달라서, 그런 영역에 대해 아무런 지식이 없는 당신에게 맡기는 것은 불가능하다는 설명이었다.

오바마는 당시 상원의원이었고 그의 아내는 대형 병원의 행정을 관리하는 디렉터였다. 둘 다 막중한 책임을 지니는 바쁜 직업을 가지고 있었지만 두 아이의 엄마 된 관록으로 습득한 생활 정보가 아빠의 관록 속에는 전혀 들어 있지 않았다. 미셸은 생일을 하루 앞두고 남편에게 그것을 습득시키는 것은 불가능하고, 남편이 몹시 헤맨 끝에 결국 아이들을 실망시킬 방식으로 해결할 가능성이 높다는 사실을 인지하고, 그에게 수행 가능한 임무를 제안했다. 버락 오바마는 결국 피자 시키는 일을 맡아 성공적으로 그것을 완수하는 것으로 만족한다. 미합중국의 대통령을 두 번이나 지낸 남자지만 아이들 생일 파티에 나눠줄 과자 봉지 사는 일은 할 수 없다. 능력이 부족해서. 이 대목은 그의 두꺼운 자서전이 내게 남긴 가장 확실한 메시지였다.

책의 마지막 대목에 그는 아내와 아이, 어머니와 할머니에 대한 이야기를 싣고 있다. 일찍 헤어져 거의 기억이 없는 친부, 과묵한 편이어서 소통이 적었던 계부, 늘 수심이 가득해 아이에게 세상살이를 가르쳐 주지 못한 외할아버지는 오바마의 삶에 길잡이가 되어주지 못했고, 자신의 삶에 중심을 잡아준 것은 여성들이었다고 그는 적고 있다. 실용적인 생활 태도를 견지한 외할머니는 가계가 빚에 쪼들리는 일을 막았고, 어머니의 사랑과 맑고 깨끗한 정신은 동생과 자신의 삶의 중심이 되었다고. 그 두 사람 때문에 오바마는 삶에서 뭔가 중요한 것이 결여되어 있다고 느낀 적이 한 번도 없었다고 했다.

성공해서 너무 바쁘거나 실패해서 세상과 불화한 남자들이 흔히 팽개쳐 두는 일, 일상에 온기를 불어넣고 삶에 필요한 요소들

남자들은 앞으로도

부엌에서, 슈퍼마켓의 식품 코너에서 계속 길을 잃겠지만

여자들은 앞으로도

한동안 자신들의 미숙함을 지속할지 모를

그들의 손을 잡아주며

가족들의 몸과 마음의 온기를 지탱하는 역할을

기꺼이 맡을 것이다.

― 사랑, 스킨십, 응시, 대화, 식탁 위의 먹거리 같은 ― 을 채워가는 것은 주로 여성들이 맡아온 역할이었다. 그녀들이 직업적으로 성공했건 그렇지 않았건. 삶은 36.5도를 지펴주는 훈훈한 온기를 통해서만 지탱되고 타인과 나누는 건강한 온기를 통해서만 나아갈 수 있다.

남자들은 앞으로도 부엌에서, 슈퍼마켓의 식품 코너에서 계속 길을 잃겠지만 여자들은 앞으로도 한동안 자신들의 미숙함을 지속할지 모를 그들의 손을 잡아주며 가족들의 몸과 마음의 온기를 지탱하는 역할을 기꺼이 맡을 것이다. 인류는 어쨌든 지속되어야 하기에.

* 테레즈 클레흐 Thérèse Clerc 1927~2016 _ 프랑스의 페미니스트 운동가다. 보수적 부르주아 가정에서 네 아이를 키우던 가정 주부였던 그녀는 68혁명을 계기로 여성의 권리에 대해 눈을 뜬다. 남편과 이혼을 하고, 가장 먼저 여성의 자유로운 낙태 권리를 위해 운동에 뛰어든다. 파리 근교 몽트뢰이에 거주하며, 그곳에 '여성의 집'을 설립하여 운영하면서, 어려움에 처한 여성들의 문제를 공동체가 함께 해결해 나가는 해법을 제시해왔다. 노년의 여성들이 공동으로 관리하고 자율적으로 운영하는 새로운 주거 형태 '바바야가의 집'을 창안하고 설립하기도 했다.

◆

'삼식이'와
한 지붕 밑에 사는 법

난 소위 '삼식이'와 한 지붕 아래 살고 있다. 주말뿐 아니라 365일 하루 세 끼를 모두 집에서 먹는 '레알' 삼식이.

그나마 아침은 빵과 과일, 견과를 식탁에 꺼내놓고 각자 먹고 싶은 걸 먹는 시간이고, 삼식이는 주로 제 나름의 건강식을 챙겨 먹으니 가볍게 지나간다. 저녁엔 학교에서 돌아온 아이까지 포함하여 세 사람을 위해 식사를 준비하니, 식사 준비에 심리적 갈등이 개입하는 일은 적어도 없다.

애인 만나러 가는 여자가 흥얼거리며 정성껏 화장하는 것이 노동에 속하지 아니하듯, 아이가 환호할 모습을 상상하며 저녁 식탁을 준비하는 것은 내게 대체로 노동으로 여겨지지 않는다. 최상의 상태로 2세를 세상에 남겨두려는 유전자의 질긴 본능이 아이를 위해 음식을 준비하는 어미에게 각별한 아드레날린을 제공하지 싶다. 아이가 성장하고 나면, 이 밥하는 에너지는 생체 리듬에 따라 고갈될 터이지만 그때가 되면 또 모성애라던가 혹은 그와 유사한 무엇을 밥하는 에너지로 전환시켜 쓰고 있을 터이다.

문제는 점심이다. 이 때가 되면 '삼식이'라는 그 원망 가득한 어휘가 왜 탄생하게 되었는지 또렷이 인식하게 된다. 두 사람이 밥을 먹는데 늘 일정한 사람이 식사를 준비하고, 다른 한 사람은 입만 가지고 와서 먹는다는 사실. 이 명백한 불평등이 날마다 자행되고 있으며 나 또한 그것을 수용한다는 기막힌 사실을 다 차려 놓은 상 앞에 등장하는 그를 볼 때마다 깨닫는다.

물론 그에게는 나름의 논리가 있다. 식사 준비는 내가 하지만 치우는 건 자신이 한다는. 식전 식후의 노동이 나뉘어 있고 역할이 다를 뿐, 자신도 식사를 위한 노동에 동참한다는 신박한 이론이 그것이다. 게다가 식후의 노동은 그 어떤 창의력도 상상력도 필요 없는 '막노동'인지라 자신이 맡는 역할이 한결 더 '순수한 노동'에 가깝다는 주장으로 그는 무장하고 있다. 식사 후, 식탁 위의 빈 접시들을 치우고 식기세척기에 넣는 것으로 마무리되는 자신의 노동이 매일 먹을 메뉴를 정하고, 장을 보고, 요리를 해 식사를 차려내는 것에 버금가는 일이라 믿어 의심치 않는다.

오케이. 그렇다면 나는 밥을 먹고 식당에 왔다가 잘 먹고 나가는 사람처럼 그냥 일어선다. 커피 한 잔 타서 들고 내 작업실로 사라진다. 그러나 그에게는 그럴 자유가 없다. 다음 번 식사를 준비하러 내려왔을 때, 모든 것을 완벽히 치워놓아야 할 의무가 그에게 있다. 접시와 수저뿐 아니라, 냄비와 프라이팬까지 말끔히. 내가 입만 가지고 식탁에 당도하는 그의 모습을 보듯, 그 역시 먹고 몸만 빠져나가는 여자의 모습을 보는 것이 이 분업의 공간이 작동하게 만드는 최소한의 정의다.

간혹, 식탁이 치워져 있지 않은 모습을 볼 때면 100이면 100, 모두 그를 불러 그가 잊은 일을 상기시킨다. 인내심을 갖고. 그의 몸에 밴, 가부장제의 오랜 관성이 완전히 떨어져나갈 때까지. 그리고 나는 절대 그의 일을 뺏지 않는다.

종종 외식이 결정되면 신나는 건 나보다 그다. 돈은 자기가 내면서도 — 대부분의 식사를 내가 제공하니, 밖에서 먹을 땐 그의 지갑에서 돈이 나오는 것 또한 이 집의 불문율이다 — 식탁을 치우는 노동에서 해방된 기쁨이 그의 발걸음을 들뜨게 한다. 그의 발걸음에 사소한 즐거움이 깃든 모습을 보노라면 좀 더 자주 외식을 결정해야 할 듯하나 그의 빈곤한 지갑 사정을 고려해야 하는 것 또한 나의 몫이다.

우리 집에서 외식을 결정하는 사람은 오로지 한 사람이다. 내가 요리하기 싫은 날, 더 이상 뭘 해서 먹어야 할지 아무런 영감도 떠오르지 않는 날, "오늘은 밖에서 먹자!" 하면, 다른 이들은 조용히 이 결정을 따른다. 요리사가 요리할 수 없다는데, 이견은 있을 수 없다. 종종 스시를 배달해 먹자는 칼리의 소수 의견이 받아들여질 뿐.

남이 해준 음식을 먹으면 에너지도 비축되지만, 음식에 배인 또 다른 정신을 접한다. 남의 집에 초대 받아 가서 먹고 오거나 낯선 식당에 가서 색다른 배합의 요리를 먹고 오면, 한동안 유사한 요리들이 우리 식탁에 등장한다. 새로운 문화가 식탁에 스며들어 자리 잡는 과정이다.

음식 하는 노동은 각별하다. 요리사의 영혼을 한 움큼 집어넣어 새로운 맛의 세계를 짓고 그것이 사람들 입 속에 들어가게 하는 일이다. 입으로 들어간 음식들은 피와 살이 되고 뼈가 되며 아이는 식탁 위에 담긴 온기와 사랑을 함께 섭취하며 성장한다. 덕德이라는 건 대체 어떻게 생긴 건지, 어떻게 쌓는 건지 모르지만 밥을 한 끼 지어낼 때마다 아이가 품고 살아갈 포인트를 적립하는 기분이다. 이 포인트를 세상을 향해 적립하면 그것은 덕이란 것으로 전환될지도.

치우는 노동도 만드는 노동 못지않다며 자신만의 셈법으로 씩씩하게 살아가는 삼식이에게는 음식 조리 과정에서 종종 발생하는 긴급 재료를 조달하는 임무도 부여된다. 부엌에서 칼질을 하다가

"어머! 마늘이 없네. 마늘 좀 사다줄래?" 하면 그는 그 어떤 상황에서도 이유를 달지 않고 그것을 사 온다. 늘 웃으며 상냥하게 부탁하지만, 나의 요구에는 "내가 지금 요리를 하는데, 네가 그걸 안 사다주면 요리가 중단된다. 그 사태에 대한 뒷감당을 할 수 있겠느냐?"는 은근한 협박이 실려 있고 그는 본능적으로 그 협박의 무게를 느끼므로 이 공장은 돌아간다.

협박은 법적으로 중대한 범죄사유가 되지만, 생각해보면 인생은 얼마나 많은 순간 협박으로 점철되어 있는가. 노골적인 혹은 은밀한. '이렇게 떼를 쓰면 산타할아버지가 선물을 안 주신단다.' '일반고에 가면 인 서울도 힘들어.' '정의당을 찍으면 새누리당이 된다니까.' '100억 달러 안 주면 주한미군 철수하겠다.'까지.

나서면서부터 죽을 때까지 우리의 크고 작은 결정들은 부모, 애인, 배우자, 교사, 언론, 그리고 주변국으로부터 날아오는 협박의 영향을 받는다. 살아간다는 것, 더구나 해방된 존재로 살아가고자 한다는 것은 그 협박에 굴하지 않는 맷집을 키워내는 일이며, 사회인이 된다는 것은 내 협박을 달콤하고 부드러운 천으로 적절히 포장해내는 능력을 연마하는 일이기도 하다.

한 지붕 아래서 부부의 연을 맺고 살아가는 사람들 사이에도 역시 부탁의 탈을 쓴 협박은 중요한 소통의 수단이란 사실을 인정하지 않을 수 없다. 협박의 사전적 의미는 "겁을 주며 압력을 가하여 남에게 억지로 어떤 일을 하도록 함"이다. 여기서 방점을 찍어야 하는 대목은 '어떤 일을 하도록 함'에 있다. 일상이 굴러가기 위해서는 반드시 누군가 자잘한 노동들을 해야 하고, 그 일이 분담되어 시간 내에 정확히 행해져야만 다음 단계로 나아갈 수 있는 경우들이 있기 때문이다. 예컨대 설거지가 안 되어 있어 모든 주방의 도구들이 더러운 상태에선 새로운 요리를 시작할 수 없는 법이다.

사랑하는 사람의 땀 냄새가 자극적 체취로 둔갑하여 두서없는 열정이 우리의 몸을 이끌도록 방치하던 시절을 거치며 2세를 생산해내는 과업이 마무리되고 육아란 정글을 얼추 헤쳐나오고 나면, 부부 사이에는 새로운 관계가 성립된다. 각자의 인생에서 자아를 실현해야 하는 과제로 그들은 냉정히 복귀하게 되는 것이다. 사회인으로 생존해야 하고, 커가는 자식을 여전히 돌보아야 하며 내가 속한 공동체의 크고 작은 과제들에 시민으로서의 의무를 다해야 하는 다중의 미션 속에서 치열한 시간과 에너지와 집중이 소요된다.

남자들은 이때 그들의 오랜 무기였던 가부장주의에 몸을 싣고자 하고, 여자들은 감히 어디서 그 낡은 무기를 들고 나오려 하느냐 눈을 부릅뜨면 인류의 가장 오랜 싸움, 남자와 여자 사이의 계급투쟁은 시작된다. 긴밀한 협력을 통해서 하루도 빠짐없이 행해야 하는 가사노동이야 말로, 인류가 가장 치열하게 싸워왔던 계급 투쟁의 전장이다.

안토니오 그람시가 말했듯, 낡은 세계가 죽었고, 새로운 세계는 더디게 오고 있다. 그 불투명한 세상 속에 괴물이 등장한다. 가부장이 모든 것을 소유하고 통제하는 시대는 사라졌지만, 여자와 남자가 평등한 시간은 아직 오지 않았다. 그 불투명한 혼돈의 시대에서 살아가야 하는 남녀는 각자의 울타리 안에서 치열한 계급 투쟁을 통해 가족이란 작은 사회를 꾸려갈 질서를 마련해야만 하는 것이다.

협박이라는, 낫의 형태를 한 언어가 부부 사이에 오고 가는 것이 섬뜩한가? 괴로운가? 그러나 그것이 바로 이 불투명한 시절 — 언제까지 지속될지 알 수 없는 — 을 살아가야 하는 부부의 운명이다. 불행은 오히려 왜 더 이상 달달한 사랑의 에너지만으로 우리 공간이 채워지지 않는지를 원망하고 앉아 있는 데 있다. 그 속에 분명 단호한 날이 느껴지기는 하지만, 아프게 서로를 베지 않도록 두텁고도 보드라운 헝겊으로 둘둘 말아 적절히 그 거부할 수 없는 묵직한 언어를 사용해야 할 때가 있다. 그렇지 않으면 가부장제의 오랜 관성은 제자리에서 꿈쩍도 하지 않을 터이니.

이것은 가정이 지탱되기 위해 반드시 네가 담당해야 할 몫의 노동이 있음을 알리는 동시에 그것을 거부할 경우엔 감당하기 힘든 일이 일어날 것임을 명확히 인지시키는 일이다. 그것이 무한대의 가사노동들로 굴러가는 가정이라는 공장을 파국 없이 작동시키는 방법이다.

축적된 희생은 원망을 낳고, 강요된 희생은 자아를 훼손시킨다. 한 사람의 희생으로 굴러가는 가족은 병들고 만다. 더 이상 사랑의 에너지로 움직여지지 않는 상황을 원망하며 주저앉아 상대가 저 멀리 가라앉고 있는 가부장제의 자장으로 빨려 들어가도록 내버려 둔다면, 아직 다가오지 않은 미래는 영원히 동구 밖에 머뭇거리며 서 있을 것이다.

거부할 수 없는 묵직한 언어,

이것은 가정이 지탱되기 위해

반드시 네가 담당해야 할 몫의 노동이 있음을 알리는

동시에 그것을 거부할 경우엔

감당하기 힘든 일이 일어날 것임을

명확히 인지시키는 일이다.

그것이 무한대의 가사노동들로 굴러가는

가정이라는 공장을

파국 없이 작동시키는 방법이다.

◆

계산은 정확하고,
사랑은 평등하게

40대 중반의 어느 날, 혼자 한국행 비행기를 탔다. 내리자마자 강연 일정이 하나 기다리고 있었다. 쓴 지 제법 시간이 지난 책에 대한 강연이었기에 집중하기 위한 예열 모드를 가동해야 했다.

비행 중에 모든 준비를 끝내리라 맘먹고 '열공' 모드로 읽고 쓰는데, 옆에 앉아 계신 두 분의 중년 여인께서 호기심 충만한 눈으로 내게 상냥하게 말을 걸어오셨다.

"유학생이신가 봐요. 공부를 열심히 하시네요."

"옛날 옛적에 유학생이었고요. 지금은 학부모죠. 호호."

"어머, 그럼 남편은 프랑스 남자? 프랑스 남자들은 어때요? 로맨틱하다던데."

"하하하. 로맨틱, 그거야 사람 나름이겠죠."

"집안일도 잘 도와주고 그래요?

"뭐 잘(?)은 아니어도, 애 맡기고 저 혼자 여행할 수 있을 정도는 되는 거죠. 제가 이렇게 다니고 있으니까."

"애가 몇 살인데요?"

"초등학생이에요."

"어머 어머…… 우리야 애들 다 커서 시집 장가갔으니 이렇게 친구들끼리 다니는 거지. 애들 어릴 때, 이렇게 다니는 건 꿈도 못 꾸지 ─ 그러고 보니 나보다는 좀 연배 있으신 언니들이셨다. 남편이 자상하시네."

"근데, 제가 식비는 주고 왔어요. 저 없는 동안 애랑 둘이 먹고 살 식재료비."

이 대목에서 두 분은 눈이 휘둥그레지시며 서로를 바라보신다.

"그럼 그게, 남편이 아내를 사랑하는 게 맞아요? 사랑하면 어떻게 그럴 수가 있어~."

"원래 식비는 제 담당이거든요. 요리도 제 담당이고요. 요리는 저 없어도 알아서 해 먹겠지만, 제가 맡기로 한 부분에 대한 지출이니까 제가 책임지는 거죠."

"어머 어머 우리는 그런 건 안 돼. 아유…… 어떻게 남편이 식비를 아내한테 받아요. 난 그런 건 싫어. 우리 남편이 최고네. 이 여행도 남편이 보내준 건데~~."

파리 여행을 마치신 후, 여행 중 실컷 구경한 프랑스 남자에 대한 궁금증이 발동하신 두 분의 부풀어 오르던 상상력은, 나의 직설을 맞닥뜨린 후 바로 추락했다. 제대로 문화 충격이었던 듯, 의도한 바 아니었으나 그 이후 여행 중에 다른 아무런 질문도 없으셨다. 덕분에 "역시 우리 남편이 최고"라는 맘 편한 결론을 얻으시며 여행 보내준 서방님께 여한 없는 감사의 메시지를 전할 수 있으실 거라 짐작할 수 있었다.

한편, 나는 덕분에 "남편이 아내를 사랑하지 않는 거 아니냐?"는 말이 나올 만큼 우리 집 관행이 비상식적이었나 잠시 생각해 보게 되었다. 혼자서 2주일 정도 여행하는 경우가 내게도 흔한 일은 아니다. 프랑스 내에서나 인근 국가로의 3~4일 출장은 종종 있지만, 그럴 땐 식량을 넉넉히 비축해 놓을 뿐 돈을 주진 않는다. 아이를 그에게 맡기고 좀 길게 집을 비울 경우, 둘이 먹고 살 식비를 그의 손에 쥐어주곤 한다.

그와 처음 공동의 삶을 꾸렸을 때부터 그는 공과금과 보험료 세금 등을 내고, 식비는 내가 담당하는 재정적 분업을 자연스럽게 이뤘다. 여행을 갈 땐 항공료는 너, 숙박비는 나, 나머지는 그때그때 적당히 필요한 금액을 분담한다. 그가 나보다 더 경제적으로 여유가 있는 편이니 그가 늘 더 많이 내긴 한다.

내 옆자리 여인들의 사고를 요약하면, 사랑하면 지갑을 열어야 한다? 그렇다면, 아내 역시 지갑을 좀 열어야 하는 거 아닌가? 사랑은 남편만 입증해야 할 의무가 있는 건가? 길게 생각할 필요는 없었다. 희완이 지금보다 돈을 잘 벌어서 나는 그 어떤 일에도 내 돈을 쓸 이유가 없고, 그가 주는 돈을 받아서 살고 싶은가? 그럴 마음이 전혀 없었다. 그 역시 "내가 다 낼게. 넌 몸만 와." 이럴 마음이 없듯이. 내가 몇 푼 안 되는 2주 치의 두 사람 식비를 주면 그는 너무 당연하게 받는다. 물론 평상시에는 서로 돈을 줄 일도 받을 일도 없다. 각자 맡은 구역을 책임질 뿐.

두 사람 사이에서 한 쪽이 주로 돈을, 한 쪽은 주로 노동력이나 감정을 제공하는 관계가 되면 건강한 분업으로 이어지기 어렵다. 그 관계 속에는 필연적으로 지배와 종속의 속성이 자리 잡게 되기 때문이다. 사랑의 마약에 취해 스킨십이 일상을 채우고, 서로의 몸에서 생성되는 옥시토신이 관계를 부드럽게 감쌀 땐 종속의 관계를 지각할 수 없다. 영원히 지속될 것 같지만, 바로 그것이 종속에 길들여지는 과정이기도 하다.

　사랑의 윤활유가 메마르기 시작하고 부부 관계가 하나의 가정을 이루는 신뢰의 파트너십으로 넘어갈 때 현실은 냉정하게 관계의 속성을 드러낸다. 달달할 수 있는 지배와 종속의 관계는 없다는 사실. 돈을 받는 쪽이, 하는 일이 아무리 위대해도 그것을 주는 사람의 권력 하에 종속된다는 사실. 그 뼈아픈 현실에 부딪혀 좌

절하지 않으려면 서로가 재정적 책임의 영역, 가사노동의 영역 안에서의 담당 구역을 나눠 역할을 함께 수행하는 것이 필요하다.

남자들을 부엌에 끌어들이고 쓰레기 처리를 전담시키는 것과 마찬가지로 여성들도 가정에 조금 보태는 수준을 넘어 제가 온전히 담당하는 재정의 한 영역이 있어야 온전히 평등한 관계가 만들어진다. 일상적으로 반복되는 가사노동 없이 단 하루도 삶의 공간이 온전히 굴러갈 수 없다는 걸 남편들이 몸으로 알고 일상을 만들어가는 노동에 매일 참여해야 하듯, 한 영역에 대한 재정적 책임을 진다는 것의 뻐근한 무게를 아내들도 같이 느껴야, 둘은 온전한 팀을 구성할 수 있다.

한국경제연구원은 2008년부터 2018년까지 10년간 30-50클럽 국가(국민소득 3만 달러 이상, 인구 5000만 이상인 국가) 여성의 생산가능인구와 경제활동 참가율, 취업자 수, 고용률, 실업률, 연령대별 고용률 등을 분석한 결과 2018년 기준 한국의 35~39세, 40세~44세 여성의 고용률은 각각 59.2%, 62.2%였다고 밝혔다. 이는 소위 30-50클럽 국가 중 최하위다. 이러한 사실은 한국 여성들의 사회활동에 대한 소극성을 입증하는 것이 아니라, 한국 사회가 이 시기 여성들이 빠지게 만들어 놓은 함정에 대해 주목하게 한다. 가장 활발하게 일할 수 있는 나이의 여성들 중 40%가 일터에 있지 못하는 것은, 사회가 책임져주지 못하는 육아의 부담 때문이

남자들을 부엌에 끌어들이고,

쓰레기 처리를 전담시키는 것과 마찬가지로

여성들도 가정에 조금 보태는 수준을 넘어

제가 온전히 담당하는 재정의 한 영역이 있어야

온전히 평등한 관계가 만들어진다.

고, 육아의 시간을 벗어난 이후에는 소위 '경단녀'라는 낙인이 제 자리를 찾아가려 하는 그들을 방해하기 때문이다.

'경단녀'는 출산과 육아 후, 직장에 복귀하려는 여성이 일터와 단절되었던 시간 때문에 경력을 살려 직업에 복귀하지 못하게 되는 현상을 지칭하는 동시에 그런 여성들을 차별하는 것을 당연시 여기며 여성들에게 사회적 강등을 수용하도록 종용하는 프레임으로도 작용한다. 현실에선 이 '경단녀들을 돕기' 위한 다양한 지원 프로그램을 국가와 지자체가 제공하기 위해 애쓰는 듯 보이지만 공공 영역이 먼저 해야 할 일은 경단녀라는 단어가 없어지게 하는 것이지, 당연한 듯 경력을 강등당한 여성들을 돕는 게 아니다.

지배계급이 만들어 놓은 프레임은 지배 관계를 고착화시키기 위한 덫인 경우가 대부분이다. 왜 이 '경단녀'란 단어를 언론과 공권력이 신나게 쓰고 있는지를 꿰뚫어 볼 필요가 있다. 그 단어 자체를 머리에서 밀어내고, 파트너가 된 남성과 함께 가정의 공동창업자로서의 합리적 분업 체계를 확립하기 위해 머리를 맞대야 한다. 그들이 가부장제의 관성에 발을 디디며 "처자식을 먹여살리네 어쩌네" 하기 전에, 파트너십을 정립하고 한 가정이 굴러가게 하는 모든 의무와 책임들을 공동의 과제로 만들어야 한다.

칼리 아빠 머릿속엔 처자식을 먹여 살리는 남자의 의무란 게 아예 없었고, 난 경단녀란 단어를 한국 신문에서 보았을 뿐 나의 현실이 될 수도 있다는 가정을 해본 적이 없었다 — 그리고 계속 그 단어를 확산하는 미디어의 저의를 의심했다. 내 머리가 프레임을 거부하는 한 그것은 나의 현실이 될 수 없다. 경단녀의 존재가 당연하게 사회에 자리 잡는 것은 육아를 담당하는 일이 커플 가운데 오로지 한쪽에만 의무로 자리하기 때문이다.

세상은 경단녀들이 어떻게 새로운 직장을 가질 수 있게 도울지에 대해서가 아니라, 경단녀가 있어야 한다면 왜 경단남은 없는지, 부모가 평등하게 육아의 의무를 나눠질 수 있는 방법은 없는지, 100조나 퍼부었다는 저출산 대책이 육아를 어떻게 도왔는지 물어야 한다. 누구보다도 부모가 되기로 한 두 사람이 가장 먼저, 함께 묻고 답해야 할 질문이다.

◆

지리산 산촌민박
꽃별길새

파리의 지붕 밑, 책상머리에 앉아 원고와 마주 앉아 씨름하던 어느 날 밤, 지리산, 숙소, 맛있는 밥, 이라는 키워드를 나침반 삼아 인터넷의 망망대해를 항해하다가 '띠용' 마주친 귀한 주소가 '꽃별길새'였다.

딱히 인터넷 사이트도 갖고 있지 않고 에어비앤비에 세 들어 있는 집도 아니었다. 어찌 어찌 내 눈에 포착되었는데 이 집의 안주인 손끝이 빚어내는 음식 맛에 대한 묘사가 예사롭지 않았다. 보는 순간, 감이 왔다. 바로 여기다!

한국에 당도하기 수개월 전에 일찌감치 예약을 해 놓았더랬다. 7월이 되어 한국에 도착하고 막상 예약한 날이 다가오니, 하늘엔 먹구름이 가득했고 일기예보는 폭풍의 도래를 80%의 확률로 공언하고 있었다. 이 집은 예약을 해도 돈은 안 낸다. 못 가게 되면 전화로 알려주면 그만이다. 사람을 믿겠다는 주인장의 의지가 확고한 이 예약 정책은 은근히 오기를 불러일으켰다. 그 믿음에 나도 꼭 화답하고 싶게 하는.

시간이 갈수록 폭풍우의 확률은 90%를 넘어 100%로 다가갔지만 일단 가기로 했다. 고속버스를 타고 함양군 마천면 버스 정류소에 도착하자 민박집에서 보내주신 택시가 미리 대기하고 있었다.

"김OO 어르신 댁에 가시는 거죠?"

택시를 타자, 기사님이 물으셨다.

"아뇨. 저는 민박집 꽃별길새 가는 건데요."

내 대답을 듣자 기사님은 가타부타 말없이 택시를 몰았다. 꼬불꼬불 산길을 한참 오르더니 고양이들이 점점이 흩어져 있는 길가에서 차가 멈췄다. 김OO 어르신 댁이자 꽃별길새였다.

사립문을 열고 들어서자, 수십 개의 눈이 일시에 아이와 나를 향했다. 길가에 꽃잎처럼 흩어져 있던 고양이들은 맛보기였다. 꼬리를 곧추 세우고 호기심을 한가득 눈에 담아 우리를 응시하는 수십 마리 고양이들. 이 무수한 환영 인파, 아니 묘파의 관심에 순간 울컥 했다. 마치 드라마에서 화면이 갑자기 느리게 흘러가는, 그렇게 감격으로 정지된 순간이었다.

안쪽으로 건강하게 그을린 피부를 가진 주인장 어른이 웃으며 서 계셨다. 그 뒤로는 안주인이신 듯한 분께서 수줍게 모습을 드러내셨다. 자세히 보니 네 마리의 개들도 중간 중간 섞여 있었다. 주인 내외처럼 의젓하고 선량한 모습이었다.

거실에서는 이미 식사가 한창이었다. 1차로 숙박 중인 손님들이 드신 후, 주인 내외, 주인집 아들 내외, 그리고 이웃 내외가 직접 담은 술을 반주 삼아 여름 저녁의 한가로움을 즐겼고 소속이 불분명한 아이들이 거실과 마당을 오가며 깔깔거리고 있었다. 우린 아침뿐 아니라 저녁 식사도 먹는 옵션을 택한 덕에 도착하자마자, 그 집 식탁에 기꺼이 숟가락을 얹고 앉았다. 부엌 쪽에 줄줄이 마련된 음식들을 내 접시에 담아내는 뷔페식 식탁이었다.

익숙한 재료들이건만 그들의 어울림에 평범이란 없었다. 참외 장아찌, 수박을 곁들여 담근 열무김치, 닭을 넣어 끓인 김치찌개, 가지 튀김…… 10여 가지의 반찬들은 저마다 깊이 음미할 만한 맛의 세계를 이루고 있었다. 마당에 발을 딛던 첫 순간처럼 예사롭지 않음을 짐작케 했던 식탁과의 본격적인 만남은 내 입가에 환희가 가득 차오르게 했다.

이웃의 오스트리아인은 직접 담아 가져온 과일주를 내게 한 잔 건네주셨다. 한국말이 익숙한 그분은 한국인 아내와 딸과 함께 이웃에 살고 계셨다. 부부가 독일어 번역 작업을 종종 하신다고 했다. 디저트로는 주인어른이 밭에서 방금 따 오신 수박이 서걱서걱 잘려 올라왔다. 현지 조달을 넘어서 뒷마당에서 바로 조달되는 식재료, 그것은 이 집의 황홀한 식탁을 뒷받침하는 또 하나의 비결이었다.

식사 후엔 강아지들을 데리고 모두가 산책을 나섰다. 가족들과 손님들, 어른과 아이들, 그 집에 기거하는 네 마리의 개들이 함께. 끝없이 펼쳐진 둘레길을 몇 리나 걸었을까? 뛰다가 걷다가, 호기심 많은 강아지들이 요리저리 내빼며 장난치는 걸 기다리다가……. 여름밤의 해는 인내심 있게 우리의 산책길을 밝혀 주었다. 한 시간 여의 산책 끝에 해가 완전히 떨어지기 전에 돌아오니 안마당에 옹기종기 자리 잡고 밤을 준비하는 고양이들의 한결 차분해진 시선이 다시 채워진 꽃바구니처럼 환하게 우리를 맞았다.

우리가 묵은 방은 '서재방'이었다. 온 방 안에 켜켜이 책이 쌓여 있었다. 가족 중 누군가가 작가 지망생이었는가 싶게 수년간 구독해온 문예지들이 차곡차곡, 대한민국에서 발간된 모든 대하소설들 또한 빠짐없이 차곡차곡……. 한쪽에는 200권 정도는 되어 보이는 손때 묻은 요리책들이 모여 있었다. 사찰요리, 발효음식, 궁중요리, 약이 되는 우리 음식, 호텔식 요리 등등.

알고 보니, 안주인께서는 요리 연구가셨다. 여기 저기 다니시며 새로운 요리를 배우고, 익히고, 실험하며 도전하셨다. 그렇게 많은 연구와 실험과 노력이 쌓여 만들어낸 요리들을 이 집 식구들과 민박집에 묵는 손님들이 맛보는 것이었다. 이 얼마나 럭셔리한 숙소인지!

서재방에 묵는 손님의 특권으로 책을 몇 권 꺼내 페이지를 넘기다 책이 주는 포만감을 베개 삼아 달콤한 잠에 빠져들었다.

아침에 일어나 창문을 여니, 비를 잔뜩 머금은 구름 속에 지리산 자락이 굽이굽이 능선을 드러내며 눈앞에 펼쳐졌다. 아하, 웅대한 자연 앞에서 소소한 인간들이 본능적으로 뿜어내는 감탄사가 새어 나왔다. 나를 응시하는 시선이 느껴져 고개를 돌리니, "누구세요?" 하는 표정으로 오른쪽에 두 마리, 왼쪽에 세 마리 고양이가 날 바라본다.

"어제 봤잖아, 얘들아. 나 몰라?"

고양이들 앞에서 난 마냥 아양을 떨고 있었다.

방문을 열고 거실로 향하니, 거실과 맞닿은 부엌에서 안주인은 생선을 튀기고 계신다. 어젯밤에 등장했던 것들에 버금가는 범상치 않은 요리들이 이미 부엌 한쪽에 마련되어 있다. 이른 아침부터 시작되는 튀김 요리. 이것은 얼마나 고된 노동인가를 생각하며 안주인을 유심히 바라보는데 그분의 얼굴은 생글생글 웃고 있는 것이다. 그 웃음이 순간 나에게 다른 사고를 요구했다. 안주인은 전문 요리사로서 직장에 가는 대신, 제 부엌에 들어가 '요리'라는 자신의 신성한 직무를 수행하는 중이란 사실을.

안주인은 부엌살림 중 오직 그 요리라는 작업에 열중하셨다. 상을 차리고, 먹은 그릇을 치우고, 설거지하는 것은 먹는 사람들의 몫으로 정해져 있다. 간혹 이 집 남자들이 손님들을 대신하여 모든 설거지를 도맡아 하는 선행을 베풀기도 하지만 안주인이 맡아 하시는 건 오직 요리뿐이란 사실은 이 집의 불문율인 듯했다. 4개의 손님방에 들어올 손님들의 이러저러한 안위를 챙기고, 필요한 정보를 제공하며 예약관리를 하는 것은 바깥어른의 일이고. 낮엔 두 분이 같이 농사일을 돌보셨다.

요리를 집안일로서 하는 것이 아니라 직업으로 행할 수 있게 될 때, 그것은 매우 다른 질의 노동이 될 수 있다는 것을 순간 깨달았다. 21세기 이후 갑자기 트렌디한 직업으로 주목받는 소위 셰프들에게서는 반복된 가사노동으로서 요리를 하는 사람에게 익숙한, 한숨이나 피로의 그늘을 볼 수 없지 않던가. 옆에서 지켜본 안주인의 모습은 그러했다. 그것은 기쁨에 기반한 자발적 노동을 하는 사람의 얼굴이었다.

숙박비 외에 식사비는 별도였다. 나와 딸은 아침과 저녁을 이 집에서 먹으니 하루에 네 끼의 식사 비용을 따로 지불했다. 명확하게 요리를 담당하는 사람의 노동이 벌어들인 대가가 명시되는

요리를 집안일로서 하는 것이 아니라

직업으로 행할 수 있게 될 때,

그것은 매우 다른 질의 노동이 될 수 있다는 것을

순간 깨달았다.

이 방식도, 요리사의 노동에 또렷한 프로페셔널리즘이 실리게 하는 디테일한 장치였다. 안주인이 요리 이외의 자잘한 부엌 노동은 하지 않도록 다른 식구들이 착착 나머지 일들을 나눠 하는 덕에 유쾌한 요리사의 창의적인 요리는 화수분처럼 샘솟을 수 있었다.

아침상엔 저녁상과 다를 바 없이 초호화판의 건강하고 맛깔스런 메뉴가 올라왔다. 이 모든 음식을 아침부터 먹는다는 사실이 황공하기만 한데, 전날엔 주로 방 안에서 기거하던 강아지 두 마리가 거실에 나와 사람 사이를 누비며 아는 척을 한다. 그 붙임성좋은 개들에 대한 사연은 식사 중에 들을 수 있었다.

연신 바들바들 몸을 떠는 흰둥이는 종양이 걸린 상태에서 임신한 몸으로 그 집에 당도했다. 옆 마을에 있는 직장으로 매일 출근하는 이 집 아들에 따르면, 수개월 전 그가 일하는 옆 동네에 아픈 듯 수척한 모습의 흰둥이가 출몰한 것을 처음 목격했는데 그 다음 달엔 이 동네 입구에서 모습을 보이더니, 어느 날 집에 들어서니 그 녀석이 자기 집 안방에서 밥을 먹고 있었다고……

주인어른은 흰둥이 몸에 병이 있음을 즉각 알아차리고 동물 병원에 데려갔다. 그의 몸엔 종양이 자라고 있었다. 수술로 종양을 제거해 주었고 이윽고 새끼도 낳았다. 자신과는 완전히 모습과 성격을 가진 새까맣고 해맑은 강아지를. 흰둥이는 자신과 새끼를 살리기 위해 그 먼 길을 달려와 자신을 구해줄 사람 손에 안겼던 것이다. "구박이 뭐예요?" 묻는 듯 구김살 없이 발랄한 검둥개와 이전의 삶에서 얻은 불안이 여전히 눈에 가득한 흰 개가 모자 간이라는 사실은 전혀 믿기지 않았다.

황홀한 아침을 먹고 셀프로 커피 한 잔 타서 마루에 걸터앉으니 지붕 위, 장작더미 위, 처마 밑, 장독대, 테라스 식탁, 신발장 위에서 묘생의 절정을 보내고 계시는 고양이들이 눈에 들어온다. 듣자 하니, 고양이들 역시 지리산 어딘가에 무조건 받아주는 고양이 천국이 있다는 소리를 듣고 산등성이까지 제 발로 찾아온 '냥이'들이었다. 며칠 문 앞 길가에서 쭈뼛거리다가, 며칠 더 지나면 문 안으로 들어와 식사하고, 시간이 좀 더 지나면 자유롭게 내 집인 양 마당을 활보하는 이들 사이엔 평화가 떠다녔다.

어찌 이 동물들은 여기에 이런 집이 있다는 걸 알았을까? 생각하다 보니 그건 나도 마찬가지였다. 어찌 파리에 사는 사람이 이 지리산 골짜기에 내가 원하는 바로 그런 숙소가 있는 줄 알고 찾아와 정성어린 식사와 안식을 즐기고 있는가. 생명을 향한 두터운 사랑과 연민으로 문 앞에 당도한 모든 생명체들을 끌어안는 주인 내외의 포근한 성정이, 안주인의 즐거움에 기반한 노동이 만들어내는 생명력 가득한 음식이 자석처럼, 그것을 필요로 하는 이들을 끌어들이는 것 아니겠는가.

밥상머리 발언권의
평등

프랑스 사람들이 한국에 와서 놀라는 문화 중 하나는 식탁 문화다. 각자 제 앞의 음식을 먹는 데 전투적으로 집중할 뿐 아니라 ― 안 그러면 밥도 식고, 국도 식는다 ― 말 하는 사람은 대체로 한두 명 ― 모임엔 항상 주인공이 있고, 물주가 있는 법 ― 인 데다 결정적으로, 먹고 나갈 때의 느닷없음에 이들은 당혹을 감추지 못한다.

방바닥에 궁둥이 붙이고 앉아서 정겹게 술잔이 오고 가다가도 어느 순간, '이제 일어나자' 하며 누구 한 명이 일어나면 우르르 미련 없이 자리를 털고 같이 일어난다는 것이다. 그 많은 음식들을 남겨놓고. 갑자기 뭔 일이지 싶은데, 매번 어딜 가나 판이 마무리되는 방식이 그렇게 순식간이라는 거다.

'다 먹었으면 일어나는 게 뭐 이상해?' 싶지만 프랑스 사람들의 식탁 문화를 보면 이들의 충격을 이해할 수 있다. 프랑스 사람들은 식탁에 앉아 오랜 시간을 버티는 부문에서 놀라운 궁극의 경지에 이르러 있다. 특히 저녁 시간, 식당에서라면 2~3시간이 기본이고 누군가의 집에서라면 4~5시간이 기본이다.

식당에 들어가면, 메뉴를 읽고 주문하는 데 대략 30분이 걸린다. 하나하나 메뉴들의 재료와 조리법에 대해 질문하여 어떤 식으로 전식과 본식을 구성해야 현명할지 조언을 구한다. 그렇게 최종 메뉴를 선택하고, 그 메뉴에 걸맞은 와인을 고르는 데 걸리는 평균 시간이다. 그리고 나면 전식과 본식, 디저트와 커피 사이에 보통 10~15분씩은 기다려야 하고…….

돈을 내기 위해서도 계산서를 달라고 요청하고 마침내 돈 내기에 '성공하기'까지 종종 15분 정도는 기다려야 한다. 그 사이 사이 무수한 대화들이 식탁 위를 오가고, 대화가 식사의 주목적인 경우가 대부분이므로 마냥 늘어지는 서비스 속도, 그래서 함께 연장되는 식사의 러닝 타임에 대해서는 아무도 이의를 제기하지 않는다. 오히려 이 기나긴 식사의 전통은 프랑스 사람들의 식탁 대화의 습관에 맞추어 최적화되어 있다고 봐야 할 것이다.

집에서 친구들을 초대해 식사를 하는 경우, 거실에서 먼저 달달한 식전주와 땅콩, 올리브 따위를 놓고 갖는 아페로apéro 시간을 한두 시간 정도 보내고 이윽고 기나긴 식탁 위에서의 만찬 — 전식, 본식 디저트 순서로 — 이 펼쳐진다. 음식에 대한 질문과 감탄을 시작으로, 서로의 근황, 최근 다녀온 전시, 여행, 영화, 정치적 이슈, 각자가 들은 나라 밖 소식까지 두루두루 전하고 나서 다음 날을 생각해서 이제 그만 자리에서 일어나자 하고서도 일어선 채로 15분을 떠들고, 문 앞에서 다시 15분, 문 밖에서 다시 15분……. 이러면서 주구장창 대화를 이어간다. 대체 얼마나 중요한 이야기를 하는가 싶어 귀 기울여 들어보면 막판엔 주로 농담 배틀이다.

나도 식탁에 앉아선 열심히 대화에 참여하지만 목적의식에 충실한 한국인인 까닭에 이런 어정쩡한 타이밍에 대화를 이어가는 경우, 가급적 입을 안 열고 대화에 도취된 프랑스인들을 구경하는 편이다. 나까지 끼어들었다간 문간에서 이어지는 대화가 언제 끝날지 모르므로 꾹 참는다. '가기로 했잖아. 가자고!'라는 말을 머릿속으로 주문처럼 외며.

시작은 심오한 주제에서 출발하더라도 결말은 해학적인 농으로 끝내는 것이 이들의 대화의 기술이다. 의견이 다름을 확인했더라도 또 봐야 할 사람이라면 웃으면서 헤어지기 위해서다. 결말이 좀처럼 나기 어려운 건 서로 누구의 농담 기술이 더 고수인지를 겨루는 미묘한 끝내기에서 결론이 안 나기 때문. 그래서 미련이 남은 사람이 더 한 번 멋진 끝내기 농을 던지고, 또 던지고……. 그들의 대화 신공을 구경하다 보면 마침내 결론이 난다는 게 더 신기할 지경이다.

밥상머리에선 조용히 신성한 밥을 먹어주는 데 집중해야 한다고 교육받는 우리와 달리, 이 나라 사람들은 밥상을 토론과 논쟁, 농담 실력의 경연장으로 삼는다. 최근에 있었던 저녁 모임에서 나온 이야기들만 간추려보면, 피델 카스트로의 동지 집에서 3주간 머물며 쿠바를 여행한 이야기, 동독과 서독의 통일이 사실은 약탈과 지배를 통일이라는 말로 위장한 거라는 〈르몽드 디플로마티크〉의 최신 기사, 제약업계의 로비가 백신 만능주의를 부추긴다와 그래도 최상의 예방책이긴 하다는, 백신을 둘러싼 오랜 논쟁, 각자의 영역에서 발견하는 마크롱이 프랑스를 망가뜨리고 있는 슬픈 이야기, 베를린, 뉴욕, 서울, 서로가 살았던 외국 도시 이야기들……. 확실히 포진해 있는 각자의 로컬에서 나온 얘기들은 신문에서 접하는 이야기들보다 재미있고, 페북 친구들의 이야기보다 풍부하다.

다른 영역에서 사는 어른들의 우정을 다지는 가장 좋은 방법은 이렇게 가끔씩 주거니 받거니 하는 집안에의 초대다. 종종 일부러 서로 모르는 친구들을 섞어서 불러 친분을 만들어 주기도 하고, 그렇게 해서 짝을 만나는 경우도 흔하다.

칼리와 칼리 아빠와 나 이렇게 세 사람이 식사를 할 때, 칼리 아빠는 이 식탁에서의 대화 본능을 무한히 펼쳐감을 넘어 간혹 남용

한다. 부모의 공통 관심사는 아이이고, 바쁘게 허둥대는 아침을 제외하면 느긋하게 세 사람이 마주하는 유일한 시간이니, 우린 저녁 식사 시간 동안 아이로부터 학교에서 있었던 일들에 대해 주로 듣는다. 아이가 학교에서 목격한 사건들, 교사들의 발언이나 수업 내용 등에 대해. 아이 아빠는 매사에 열렬히 반응하며 문제적 내용이 있다 싶으면 아이가 한 가지 방향으로 경도되지 않도록 열심히 자신의 의견도 개진한다. 종종 종이를 가져다 도표까지 그려가며.

그러다 보면 당연히 밥과 국이 식고 밥한 사람인 나는, 그런 상황을 좌시할 수만은 없다. 아빠의 대사가 지나치게 길어지면서 음식들이 싸늘하게 식어간다 싶을 때 난 '멈춤' 표시로 손을 든다. 말하는 즐거움으로 사는, 수다쟁이 프랑스인으로부터 감히 말할 권리를 뺏는 이 잔인한 행동을 정당화할 논리는 단 하나뿐이다.

"발언권의 평등을 위해 오늘 당신의 발언을 여기서 제한하겠어. 지금까지 세상에서 남자들만 너무 많이 말해 왔어. 그리고 지금 이 식탁에서 당신 혼자 오래 말했어."

이렇게 말하고 나면 상대방은 할 말을 찾을 수 없게 된다.

"그래. 그럼 당신이 말해."

그는 그제야 내게 바통을 넘긴다.

"난 휴식 옵션을 택할 테야. 밥이 식기 전에 먼저 먹고 말할 거야."

그리고 우린 비로소 진지하게 밥 먹는 모드로 들어간다. 식어도 먹기 무방한 음식만 남았을 때 난 천천히 얘기를 시작한다. 아빠의 의견과는 늘 조금씩 다른, 내가 보는 시각에서의 세상을.

밥을 짓는 사람이 되기 전에는 왜 요리한 사람들이 밥상에서 주로 말이 없는지 알지 못했다. 밥을 지은 사람은 그 밥이 최종적으로 먹는 사람들의 입에 들어가 어떤 반응을 일으키는지, 환영받는지, 푸대접 받는지 살피고자 한다. 가능한 한 음식이 최대한 맛있을 때 사람들 입에 들어가길 바라고, 여러 음식이 차려 있을 때 어떤 음식도 잊히지 않고 고루고루 모든 사람들 입 속에 들어가도록 격려하는 몫까지 떠맡는다. 밥상에 둘러앉은 모든 사람이 음식들을 맛있게 먹어주어야만 밥 짓는 노동은 비로소 적절한 보상을 받으며 완성되기 때문이다. 밥과 국이 아직 식지 않은 그 골든타임엔 밥에 집중할 수밖에 없고, 밥 먹기를 거들기 위한 멘트 이외에는 다른 주제의 논설이 개입되기 힘든 메커니즘이 만들어진다.

차려지는 밥상을 받아먹기만 하는 사람들이 주로 밥상머리에 앉아서 긴 얘기를 한다는 것도 밥하는 사람이 되면서 깨닫게 된 것이다. 그들은 재료들이 손과 불을 거쳐 음식이 되는 과정을 알지 못하고, 그저 적당한 시간 내에 먹어주면 되는 음식과 그 음식을 먹으며 대화를 나눌 사람들을 함께 눈앞에 두었으니, 밥을 향한 관심만큼 식탁에서 대하는 사람과 나누는 대화가 중요한 일이 된다. 어떤 음식에 손이 덜 가는지, 어떤 음식을 완전히 잊었는지는 그들의 머리를 차지하지 않는다.

밥상머리에 앉아 끊임없이 대화하길 좋아하는 서양 사람들의 식탁은 시간대별로 한 접시씩 음식이 제공되도록 조율되어 있지만, 상이 가득 메워지도록 다 올려놓고 먹는 우리네 상차림에선 일단 식사에 집중하며 얼른 식어버리는 음식부터 진지하게 먹어주는 것이 가장 현명한 식습관이라는 것도, 서로의 다른 문화 속에서 부대껴보기 전엔 느끼지 못했던 자각이다. 또 전식, 본식, 후식으로 나뉜 식사 방식이 대화를 위해서는 쾌적한 조건을 제공하지만 서빙하는 누군가의 희생을 절대적으로 필요로 한다는 면에선 또 얼마나 식탁 주변의 계급을 고착하는 방식인지를 뼈저리게 느끼기도 했다.

두 가지 문화 속에 끼여 사는 내가 찾아낸 합의점은 이러하다. '다 차려 놓고 먹는다.' 차린 사람과 몸만 와서 먹는 사람들이 적어도, 함께 식사를 완주할 수 있게 한다는 면에서 포기할 수 없는 방식이다. 디저트만은 먹은 걸 같이 치우고 차와 함께 노닥거리면서 먹는다. 차는 조금씩 따라가며 마시면 되고, 디저트는 식어도 좋으니까. 식탁에서 나누는 대화는 즐겁다. 대신 따끈하게 먹어줘야 하는 음식이 있을 땐 되도록 초반엔 음식에 집중하고, 중반을 넘어서면서 차분히 대화한다. 식탁에 앉은 사람은 당장 먹어야 하는 음식이 뭔지 금방 눈에 안 보일 수 있으니 차린 사람이 알려준다. 먹어야 하는 순서를.

"이거 식기 전에 먼저 먹고 그 다음에 차근차근 얘기하자."

할 말이 유난히 많은 사람이 있다. 한 가지를 말해도 길게 밖에 말하지 못하는 사람도. 그 사람 혼자 말하게 놔두면 본의 아니게 한 사람의 목소리만을 듣게 된다.

발언권의 모든 차별을 거부한다. 아이도 어른도, 여자도, 남자도 모두 말해야 한다. 듣는 사람의 역할만 하고 있는 사람이 있으면 말을 건다. 내 차례가 아니어도 너무 길게 말하는 사람의 말은 끊어준다. 야금야금 양보하다 보면 평등은 슬금슬금 허물어진다.

어쩔 수 없다. 일상의 민주주의는 소중하니까.

모두 말해야 한다.

듣는 사람의 역할만 하고 있는 사람이 있으면 말을 건다.

내 차례가 아니어도

너무 길게 말하는 사람의 말은 끊어준다.

야금야금 양보하다 보면

평등은 슬금슬금 허물어진다.

어쩔 수 없다.

일상의 민주주의는 소중하니까.

엄마의 식탁이
빛을 잃고 있을 때

매년 여름이면 딸과 함께 한국에 온다.

우리가 오는 날이면 입이 귓가에 걸린 엄마는 동동거리며 칼리를 위한 진수성찬을 준비하셨다. 콩나물국, 깍두기, 미역국, 오징어 숙회……. 소박한 토종 입맛을 가진 아이를 위한 진수성찬은 그리 화려할 필요가 없다. 엄마는 아이가 열광하는 음식들을 잘 기억해 두었다가 상에 올리셨다. 할아버지가 제일 좋아하는 생선이 갈치였다는 말에 아이는 언젠가부터 갈치를 제일 좋아하기로 했고, 엄마는 잔가시를 살뜰히 제거한 살점을 밥 위에 얹어 주시며 아이 입에 밥 들어가는 걸 지켜보곤 하셨다.

칼리와 할머니는 서로에게 애절한 존재다. 칼리에겐 내 엄마가 유일한 조부모고 엄마에게는 솜털이 가시지 않은 칼리가 얼굴을 부비고 궁둥이 두드릴 수 있는 유일한 손녀다. 칼리는 할머니의 흰머리와 잔주름을 통해 자신의 존재가 지니는 역사의 뿌리를 확인하고, 엄마는 사후에도 자신의 유전자 일부가 세상에 남아 생명을 이어갈 것임을 칼리를 통해 확인할 수 있다. 둘은 이렇게 서로가 갖는 존재의 유일성으로 각별해진다.

그런데 6~7년 전부터 뭔가가 조금씩 달라지기 시작했다. 우리가 축제에 막 도착한 스타 같은 기분으로 엄마 집에 도착했을 때 엄마가 차려주신 식탁이 이전의 식탁에서 나오던 빛을 잃고 있었다. 간신히 호박전과 미역국, 김치로 형식을 갖춘 식탁을 보며 순간, '멈칫' 했다.

'무슨 일이지? 이제 애가 좀 커서 시들해지셨나?'

그때 엄마 나이는 이미 70대 후반이셨다. 대학 간 남동생 밥을 해준다는 핑계로 상경한 후 50여 년 동안 지겹게도 벗어날 수 없었던 부엌에서 엄마는 마침내 좀 멀어지신 걸까?

그해 여름, 엄마는 콩나물국만 주구장창 끓이셨다. 같은 걸 먹기 지겨워 내가 새로운 식재료를 사 와 새로운 국을 끓여도 그 사실을 잊고, 다시 또 대책 없이 많은 양의 콩나물국을 한 솥 가득 끓이셨다. 마치 대식구가 사는 듯, 밥솥 한가득 밥을 하셔서 사흘을 먹어도 밥이 없어지지 않아 제발 양을 적게 하시라고 말씀드려도 소용없었다. 지난해에 사다 넣어둔 음식들이 1년이 지난 뒤에도 먹다 남은 채로 냉장고 안에 뒹굴고 있었다. 깔끔이 엄마가 마침내 기운 딸려 청결을 포기하셨나? 게다가 같은 말을 무한 반복하기도 하셨다.

"내가 젊었을 땐 칼리야, 지금보단 키가 더 컸다. 그런데 나이가 드니까 키가 이만큼 줄어들더라."

엄마는 손가락으로 8cm 정도를 표시해 보이셨다. 엄마 키는 160cm가 조금 안 된다. 평생 그게 콤플렉스였다. 자신보다 훌쩍 큰, 어린 손녀 앞에서 엄마는 위신을 세우고 싶으신지 있지도 않았던 자신의 키 컸던 시절을 스무 번이고 서른 번이고 주입하신다. 허풍 떠는 엄마? 한 번도 보지 못했던 모습이다. 그러고도 시간이 3~4년 더 흘러서야 이 미묘한 변화의 진원을 알게 되었다.

어느 날 엄마는 내게 "너 유럽에서 왔니? 어쩌다 유럽까지 가게 된 거야?" 하고 물으셨다. 그건 10여 년 전 돌아가신 외할머니가 유학 중에 잠시 내가 한국에 머물 때면 하시던 말씀이었다. 가슴이 덜컹했다. 엄마의 기억들이 엉키고, 어떤 부분은 이미 사라지고 없다는 사실이 역력해졌다. 보건소에 엄마를 모시고 갔고 엄마는 거기서 치매 판정을 받으셨다. 식탁 위에 호박전 하나 달랑 있던 그 시절부터 병은 진행되어 왔다. 그때 문제를 감지하고 약을 드셨더라면 엄마는 병의 속도를 훨씬 늦출 수 있었다.

10여 년 전부터 청력이 안 좋아지셨던 엄마는 한사코 거부하던 보청기를 마침내 받아들이긴 하셨으나 안 좋아진 귀로 버티던

동안 점점 더 깊은 침묵의 세계에서 살면서 뇌의 자극이 둔화되었고, 외부로부터의 자극이 축소된 고독한 삶은 엄마의 뇌신경에 문제를 발생시켰다. 이제 보청기를 끼어도 텔레비전에서 나오는 소리가 명확히 들리지 않는 엄마는 하루 종일 자막과 함께 뉴스를 전하는 채널을 틀어 놓으셨고 한국 드라마가 아니라 자막이 달려 있는 중국 드라마를 보곤 하셨다.

반찬 가짓수가 줄어든 것을 보고 엄마의 애정 농도가 옅어졌는지 의심했을 뿐, 그것이 엄마의 건강 변화에 관한 신호라는 사실은 짐작도 못 한 건, 받기만 하는 포지션에 있는 사람의 변화 감지 방식이었다. 노화에서 비롯한 자연스런 에너지, 열정의 감소라고 파악하고 세월을 탓하기만 했다.

사실, 엄마의 애정은 조금도 달라짐이 없었다. 지난 겨울, 일주일간 잠시 한국에 다녀갔을 때 밤새 여러 번 내 방에 오셔서 내가 춥지 않은지, 잘 자고 있는지를 살피셨다. 그때마다 난 깨서 따뜻하다, 걱정마라, 안심시키기도 하고 귀찮아서 자는 척도 했지만 엄마는 여전히 자식에게 온기를 지탱시켜 주는 것이 자신의 역할임을 잊지 않으셨다.

"다음번엔 칼리를 꼭 데리고 와라. 보고 싶다."

어머니는 매일 여러 번 당부하셨다.

해마다 엄마가 어떤 상태에 계시는지는 엄마가 지배하던 부엌이라는 공간의 상태와 식탁을 통해서 명확히 전달되었다. 지난 여름엔 엄마 집에 도착하자, 엄마는 아예 우리를 식당으로 안내하셨다.

"집엔 맛있는 게 없어."

그 후, 내가 장을 봐서 식탁을 차리지 않으면 엄마는 김치와 계란후라이, 포장 김만을 식탁에 올리셨다. 냉장고에 언니나 이모, 남동생이 채워둔 다른 반찬이 있어도 그걸 일일이 꺼내 드실 줄 몰랐다.

내가 요리를 할 때면 엄마는 기꺼이 내 보조 역할을 하셨다. 마늘을 까고, 파를 다듬고, 감자 껍질을 벗겼다. 익숙하고 손이 빠른, 숙련된 조교. 그러나 더 이상 요리 전체를 주관하시지는 않았다. 의지도, 프로세스를 관장할 능력도 부족했다. 그렇게 모녀가 부엌에서 부산을 떨어 한 끼의 식사가 완성되면, "와! 맛있는 게 많이 있네?" 하며 아이처럼 즐거워하시고, 고마움을 표하며 식사를 하셨다.

80년 넘게 쓴 몸의 한구석이 작동을 거부하기 시작해야 비로소 엄마는 남이 해주는 밥을 제 집에서 드신다. 엄마를 위해 요리를 할 때면 눈곱만큼도 가사노동이라고 느껴지지 않았다. 노동이란 단어에 스며 있는 의무감과 고단함 대신, 100을 주고도 더 주지 못해 미안해하는 사람에게 0.1만큼이라도 갚을 수 있는 고마운 기회, 더 자주 갖지 못해서 안타까운 기회란 생각이 동력이 된다.

강남에 직장을 둔 언니는 부천에 사시는 엄마를 단 하루도 빠짐없이 보러 와서 같이 식사를 하고, 자신의 가족이 있는 서울로 퇴근하길 수년 동안 반복하는 중이다. 단 한 사람이라도 매일 기다릴 사람이 있어야 엄마가 삶을 지탱하기 쉬워진다고 언니는 생각한다. 언니는 엄마의 정신이 더 혼미해지기 전에 그나마 가지고 있는 기억력을 유지시킬 요량으로 일기 쓰시길 권했다. 큰딸이 권하는 것은 뭐든 시도하시는 엄마는 한동안 일기를 쓰셨는데 일기의 주요 테마는 하루가 다 저문 후에 이뤄진 큰딸과의 상봉, 그 딸과 같이 해먹은 저녁 식사 이야기였다.

엄마는 산책을 하시며 이웃들과 반갑게 인사를 나누고, 가끔 마트에서 필요한 것을 사실 뿐 별다른 활동은 안 하신다. 인간에게 모든 지적인 활동이 정신적, 신체적 제약으로 제한될 때 남은 활동은 식사를 하고 음식을 짓기 위한 노동을 하는 것이고, 즐거움은 사랑하는 사람과 그 시간을 나누는 것이다.

인간은 존엄한 노년을 생각하고 그것을 위해 서로 돌보는 유일한 존재다. 사냥의 능력을 상실한 야생 동물들은 그 순간 자연속에서 소멸해 가지만 인간은 꺼져가는 생명을 향해서도 마지막 순간까지 서로의 몸과 마음을 끌어모아 온기를 나누려 한다. '휴

인간에게 모든 지적인 활동이
정신적, 신체적 제약으로 제한될 때
남은 활동은 식사를 하고
음식을 짓기 위한 노동을 하는 것이고,
즐거움은 사랑하는 사람과
그 시간을 나누는 것이다.

머니티'라는 어휘가 담고 있는 가치란 바로 그런 것이리라.

엄마의 기억들은 혼미해져 가고 식탁 위엔 점점 적은 개수의 음식들이 올라가지만 우리를 바라볼 때면 엄마는 언제나 기쁨에 젖어든 듯 행복한 웃음을 지어 보이신다.

그것은 쇠잔해진 엄마가 우리에게 온기를 전하는 마지막 방식이다.

◆

공동부엌의
꿈

여든 살 너머까지 부엌에서 매일 밥 짓는 운명을 피할 수 있는 방법, 있을까? 옛날 프랑스에서 남자들이 마을 화덕에서 돌아가며 빵을 구운 것처럼. 세상에서 제일 맛있는 밥은 남이 해주는 집밥인데, 엄마 품을 떠나 엄마가 된 사람들도 남이 해주는 집밥을 먹으며 사는 방법은 없는 걸까?

언젠가부터 꿈꾸기 시작했다. 종종 아침, 저녁밥을 주는 숙소를 찾아 여행을 떠나는 것도 그 꿈을 부분적으로라도 실현시키기 위해서다. 한 달에 한 번 정도는 친구 집에 초대받아 가서 밥을 먹고, 또 우리도 한 달에 한 번 정도는 친구들을 초대해 집에서 밥을 먹는 것도 남의 집밥 먹기의 일환이다. 그러나 굳이 계획하지 않아도 일상적으로 밥 짓는 노동을 나눠 할 수 있는 방법은 없냐고.

난 단순히 밥 짓기 노동을 나눌 방법에 대해 고민했지만, 어떤 이들은 한 걸음 더 나아가 삶의 일부를 나누는 방법을 고민했다. 각자의 아파트에 갇혀 고립되어 가는 노년의 삶에 대한 공포가 몇몇 용기 있는 사람들의 엉덩이를 떠밀었다. 이 장 앞쪽에서 언급하고 있는 테레즈 클레흐와 그녀의 친구들이 바로 그들이다. 여걸로 산 그녀가 세상에 마지막으로 선사하고 간 '바바야가의 집'은 여성 노인들을 위한 '참여형 사회임대주택'이다. 이곳은 노인들이 수동적으로 죽을 날을 기다리며 환자로 취급되는 기존의 양로원에서 탈피하여 노년의 삶에서도 능동적으로 사는 방식을 모색한다.

각자 자신의 주거 공간을 갖되 건물 안에 공동의 식탁과 세탁장, 세미나실, 텃밭을 함께 설계하여 이 공간들을 함께 운영하는 임무를 나눠진다. 세미나실에서는 지역의 다른 주민들도 함께 할 수 있는 민중대학을 열어 지식과 지혜를 나누고, 영화를 함께 감상하며 공동의 식탁에선 식사를 나눈다. 함께하는 여행을 계획하거나, 연극 무대 참여 같은 과감한 시도도 이뤄진다. 에너지가 넘치는 사람과 늘 몸이 굼뜨게 움직이는 사람들이 함께 부대끼도록 설계된 이 기관차는 계속 잘 굴러갈 수 있을까?

지난해 한국에서 여성들의 공동 주거공간을 꿈꾸는 분들이 유럽의 사례를 찾아 파리에 오셨다. 그들을 동반하며 그 사이 훌쩍 확대된 유럽의 '참여형 주거공간'의 현주소를 살필 수 있었다.

2016년 테레즈 클레흐는 87세를 일기로 돌아가셨고, 그녀의 뒤를 이어 공동체를 이끌던 분도 갑작스런 퇴장을 하셨다. 노년의 여성들이 구성원을 이루는 공동체가 운명처럼 맞이할 수밖에 없는 일이었다. 60~70대였던 이들은 70~80대로 접어들었고, 그들은 언제 세상을 떠나도 놀랍지 않은 나이였다. 나이가 들어가면 대부분의 사람에게서 열정의 크기가 줄어드는 것도 현실로 받아들여야했다. 왜 굳이 여성공동체이어야 하는가? 라는 물음에 바바야가의 집의 초창기 멤버인 한 할머니가 이런 답변을 주셨다.

"은퇴 후의 주거공간을 참여형으로 계획할 때, 여성들은 남성들과 따로 있는 게 편해. 남자들은 평생 여성들에 의해 돌봐지는데 익숙해 있잖아. 여긴 참여형 주거공간이니까 모든 구성원들이 같이 움직여야 하는데, 노년의 삶에서 주된 활동이라는 건 주로음식을 만드는 거거든. 그런데 남자들은 거기에 참여를 안 해. 그러니까 여자들은 여기 와서까지 또 남자들 시중을 들어야 하는 거지. 그래서야. 늙으면 각자 좀 편하게 살아야 해. 아프리카의 공동체 마을들은 나이 든 여자들이 그렇게 모여서 사는 데가 많아."

바바야가의 집이 무려 10여 년간의 진통 끝에 2013년 첫 테이프를 끊자, 곳곳에서 비슷한 프로젝트들이 우후죽순으로 생겨났다. 2019년 현재 프랑스에만 150여 개의 유사한 참여형 주거공간 프로젝트가 완료되었고, 200여 개가 진행 중이다. 그러나 여성 중심이라는 특정 젠더 지향성이 걸림돌이 되는 경우가 많았다. 바바 야가의 집이 처음 만들어지는데 그렇게 오랜 세월이 걸린 것도 바로 그런 이유에서였다. 이후 지어진 집들은 주로 남녀가 함께 거주하는 곳으로 방향을 바꾸었다.

스웨덴, 덴마크 등 북유럽에서 이미 50여 년 전부터 부엌, 취미 공간, 세탁실 등을 공유하는 공유 주거지가 넓게 확산되어 오다가 전 유럽으로 확대되기 시작하면서 더욱 더 넓은 공유, 끈끈한 협력을 도모하는 방식들이 모색되어 왔다.

　불과 최근 10여 년 사이, 참여형 공동 주거공간은 언론이 주목하는 시대적 트렌드가 되어 전문 건축가와 전문 연구자도 생겨났고, 준비 기간도 3~4년으로 단축되었다. 앞선 사람들이 제시한 모델이 고립되어 가던 사람들의 갈증을 구체화시켰고, 문제를 피해 가고 장점을 극대화하는 방법들이 제시되었으며, 이 같은 주거의 장점을 공감하는 지자체가 늘어났기 때문이다.

　2018년 5월, 〈르몽드〉지는 참여형 주거공간을 꿈꾸는 사람들의 모든 유토피아를 실현한 가장 성공적 사례로 빈에 있는 'Wohnprojekt(주거 프로젝트)'를 꼽아 집중 보도했다. 2014년에 완성된 8층의 목조건물에는 39개의 가구가 각자의 개인 공간에 거주한다. 그밖에 아이들을 위한 놀이방, 7개의 공용 차, 2개의 자전

거 보관소, 각종 공구와 목공 재료들이 갖춰진 공동 작업실, 사우나장, 요가실, 도서관, 세탁실, 창고, 텃밭, 3개의 손님방, 그리고 공동부엌이 있다. 건물 꼭대기에는 넓은 테이블이 갖추어진 옥상 테라스가 있어, 야외 영화 상영, 야외 바비큐 파티가 종종 이어진다.

3개의 손님방에는 각 세대가 일 년에 12일씩 가까운 사람들을 초대할 수 있고, 세 사람의 주민이 이 방들의 예약관리를 맡는다. 2018년부터 이 방 3개 중 하나에 시리아 난민 가족을 맞이하고 있어 지금은 빌려줄 수 있는 방이 2개로 줄어들었다. 거주자 회의에서 만장일치로 결정한 사안이다. 모든 중요한 결정들은 회의에 부쳐지고 이들은 다수결이 아니라 시간이 걸리더라도 대화를 통해 만장일치된 합의로 이끈 후 실행에 옮기는 방식을 채택한다. 긴밀한 협력과 원활한 소통이 생명인 참여형 공동 주거공간이 매끄럽게 돌아갈 수 있게 하는 결의 방식이다. 설득되지 않은 소수의견을 다수의 목소리로 눌러버렸을 때, 불만의 불씨가 싹트고 그것은 불통과 불화의 원인이 될 수 있기 때문이다.

건축가 1명을 포함한 15명이 처음 함께 모였고, 빈 시가 이들의 프로젝트를 지원했다. 개발업자는 이 프로젝트에 끼어들지 않았다. 주거 정책에 있어서 각별히 적극성을 띠는 빈 시의 주거 공간 60%는 시의 지원을 받아 만들어졌다. 주민들이 주도하는 참여형 공동 주거 주택을 진흥하고자 한 시는 공모를 진행했고

'Wohnprojekt'로 공모에 참여한 15인은 200만 유로(약 26억)의 시 융자금을 지원받을 수 있었다. 그 융자금과 39개 가구로 늘어난 참여 인원들이 함께 자신이 들어설 공간의 면적에 비례한 초기 참여금을 내고, 머리를 맞대 유토피아를 설계했다. 결국, 은행 융자를 포함해 1000만 유로에 이 건물을 지을 수 있었다.

아이를 가진 가정, 은퇴한 노인, 젊은 커플, 독신자 등 다양한 형태로 구성된 입주민들은 1평방미터 당 9.6유로(약 12,500원)의 돈을 집세로 낸다. 이는 관리비와 은행과 시로부터 빌린 융자금을 갚는 데 쓰인다. 중간에 마음이 바뀌어 이 공간을 떠나고 싶은 사람에겐 초기에 낸 자금을 돌려준다. 지역 사회와의 열린 소통도 이들의 성공을 지탱한 요소 중 하나다. 1층의 이벤트 공간을 지역 주민 모임이나 지역기업 행사 등을 위해 개방했고, 까페도 모두를 위해 열려 있다. 2014년 설립 후 지금까지 한 가구만이 이곳을 떠났을 만큼, 이들의 프로젝트는 '매우' 성공적이다.

"사람들은 점점 도시의 삶이 지나치게 개인주의로 나아갔고, 그것이 사람들을 고립시켰다는 것을 깨닫기 시작했습니다. 유럽 곳곳에서 참여형 주거공동체가 점점 확대되고 있는 것은 바로 함께 살고자 하는 사람들의 새로운 의지를 반영하는 것입니다."라고 독일의 참여형 공동주택 전문 건축가, 미카엘 라퐁은 분석한다.

공동부엌의 꿈

참여형 공동주택들이 일관되게 지향하는 가치는 '연대'와 '생태
주의'다. 효율과 속도, 성장이라는 모토로 달리고 소비하는 데 급
급했던 20세기가 파괴한 것들, 달리며 놓쳤던 것들을 여기에 참여
하는 사람들은 협력과 연대로 대체하려 한다. 사람이 모이는 곳엔
언제나 크고 작은 갈등이 생기게 마련이지만 칸막이에 막혀 소외
된 공간에서 홀로 자본의 힘에 종속되어 살아가던 사람들은 이웃
과의 부대낌 속에서 21세기 인류가 봉착한 문제의 해법을 찾아야
함을 본능적으로 알았다.

이 프로젝트들은 본질적으로 '반자본주의적'이다. 모든 해법
을 돈에서 찾는 종래의 방식을 버리고 여기선 구성원들끼리의 협
력이 모든 것을 대신하도록 촘촘히 규칙을 짠다. 대행업체를 쓰거
나 각각의 기능에 적합한 인력을 고용하는 대신, 구성원들이 가진
서로의 힘과 지혜, 시간을 나누기로 한 것이다. 사유화로 특징지어
지는 기존의 사회에 이들은 공동의 영역을 과감하게 끌어들인다.
각자의 소유로 점한 공간보다 전체가 공유하는 넓은 기능성 공간
이 있고, 그것이 이들을 함께 만나 협력하게 해준다. 자본주의가
인간을 자본을 통해 서열화하고 종속시키기 전, 모든 인류가 빨래
터에서, 사냥터에서, 화덕에서 만나 그러하였듯. 공간 분할의 전
환, 주거 형태의 전환이라는 물적 조건의 변화는 인간 사회를 작
동하는 조건을 혁명적으로 들어 올릴 참이다. 사용해오지 않아, 거

기 있는지조차 몰랐던 연대와 협력의 근육이 새롭게 솟아오르고, 자연과 조응하는 감각들이 익숙하게 자리 잡으려면 앞으로 더 많은 시간이 필요할지 모르지만, 도시 안에서의 공동체를 마련하려는 움직임은 이미 시작되었다.

프랑스에선 '참여형 공동주택(habitat participatif)'이라고 부르지만, 이는 우리에게도 익숙한 '코하우징co-housing'과 다르지 않다. 1970년대부터 북유럽에서는 정부와 지자체가 중심이 되어 복지 차원에서 제공하는 코하우징 형태의 임대 주택, 노인 주거공간들이 있어 왔다. 부엌과 취미 공간을 공동으로 소유하고, 각자의 집을 가진 느슨한 공동체다. 여기서도 하루 한두 끼는 공동의 부엌에서 구성원들이 돌아가며 식사를 준비하는 방식으로 꾸려간다.

한국에선 2011년 완공된 서울시 마포구 성미산 '소행주'가 그 대표적인 케이스로 꼽힌다. 북유럽의 코하우징이 주로 지자체의 개입과 지원과 주도로 이뤄지는 반면, 우리는 개인들이 자발적으로 그 틀을 마련해 가는 형태가 더 일반적이다. 9~10 가구 정도가 하나의 건물에서 공동 활동 구역을 소유하며 지내는 것으로 엄마들은 부엌 노동에서의 해방을, 아이들은 함께 놀 친구와 부모 외에 돌봐줄 어른을 얻고, 모두 힘들 때 서로 기댈 수 있는 가까운 이웃을 얻는다. 저녁이나 아침을 고용된 한 사람의 주방 인력과 입주자들이 돌아가면서 보조 역할을 수행하며 준비하는 형태가 일

공동부엌의 꿈

반적이다.

인도 남부, 세상에서 가장 오래되고 가장 큰 규모의 공동체 마을 오로빌의 중심에도 '솔라 키친'이 있다. 매일 1천 명 이상이 이용하는 이 거대한 식당은 태양열을 이용해 에너지를 공급하고, 마을 사람들이 농사 지은 유기농 채소 위주로 식사가 준비되며 오로빌 거주민이라면 무료로 식사할 수 있는, 오로빌 사람들의 철학과 영혼의 중심이다.

세상의 모든 공동 주택의 중심엔 공동의 식탁이 있다. 드라마 '응팔(〈응답하라, 1988〉)'에서 그토록 자주 동네 어른들과 아이들이 모여 함께 밥을 먹으며 눈물과 기쁨을 나누고 춥지 않게 살았던 것처럼, 인류가 덜 고립될 수 있는 방법을 찾게 되면 세상엔 정신과 전문의가 확실히 덜 필요해질 것이다.

2040년이 되면, 우리나라의 65세 이상 노인 인구는 전체 인구의 40%를 차지하게 되며, 나 또한 살아 있다면 그 중 한 사람일 것이다. 그때쯤이면, 세상의 모든 아파트 단지에 공동의 식당과 함께 가꾸는 텃밭이 마련되어, 주민들이 돌아가며 함께 텃밭을 가꾸고 밥을 지으며 서로의 지혜와 생각을 나누고 부대끼는 틀이 마련되면 좋겠다. 그것은 점점 더 고독하게 늙어가는 인류를 위해서나 점점 더워지는 지구를 위해서도 최선의 선택이 될 것이다.

주민들이 돌아가며 함께 텃밭을 가꾸고 밥을 지으며

서로의 지혜와 생각을 나누고 부대끼는

틀이 마련되면 좋겠다.

그것은 점점 더 고독하게 늙어가는 인류를 위해서나

점점 더워지는 지구를 위해서도

최선의 선택이 될 것이다.

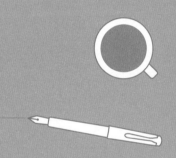

Chapter 3

◆ ◆ ◆

Thoughts with the Table
밥상 앞, 생명의 말

박스 속
초록 수첩이 뿌린 씨앗

파리 17구 다락방에서 처음 파리 생활을 시작할 무렵이었다. 어느 날 한국으로부터 커다란 상자가 하나 배달되어 왔다. 발신인은 남동생. 전혀 다감한 스타일의 인물도 아니고 청소년기부터 서로 무덤덤하게 지내온 터라 뜻밖이었다. 프랑스에서 의상을 공부했다는 그의 여친이 유학 간 누나를 둔 '인간의 도리'를 일깨운 것이 틀림없어 보였다.

상자 안에는 짱구, 새우깡, 초코파이, 라면, 김, 미역…… 이역 땅에 사는 한국인들의 심장을 저격하는 소울 푸드들이 그득. 그 아름다운 음식들 사이에 작은 초록 수첩이 들어 있었다. 일부 음식을 유기농 매장에서 구입하면서 딸려 들어온 것일까? 남동생은 예나 지금이나 유기농식품에 무관심한 라면 마니아다. 과자와 라면들 사이에 끼어 영문도 맥락도 알 수 없이 내게 도달한 초록 수

첩을 앉아 정독한 것은, 당시의 내가 한글이라면 장터에 굴러다니는 카바레 전단지마저도 꼼꼼히 읽어줄 용의가 있던, 한글 결핍 증상 초기의 유학생이었기 때문이다. 인터넷 후진국을 면치 못하던 그 무렵 — 1999년이었다 — 프랑스에서 한글을 접할 기회라곤 일주일에 한 번 발매되던 교민신문 정도와 한국에서 짊어지고 온 몇 권의 책이 다였으니.

그 책자는 대한민국에서 생산되는 99%의 닭들의 생애를 언급하고 있었다. A4 용지 절반 크기에 해당하는 $0.03m^2$의 공간에 — 현행법에 따르면, 양계장에서 닭이 차지하는 최소 면적은 $0.05m^2(25 \times 20cm)$로 늘어났지만, 여전히 A4 용지 크기($0.06m^2$)보다 작다. — 갇힌 암탉들은, 밤새 불을 켜놔 잘 수도 움직일 수도 없는 그곳에서 대부분 미친 상태로 1년 동안 알만 낳다가 도축된다. 운동할 수 없는 스트레스와 분뇨 처리가 제대로 되지 못한 오염된 환경에서 그들은 이상 행동을 반복하고, 난폭한 자해를 행하거나 이웃 닭을 공격하기도 한다. 운동하지 않으니 면역력이 약해 필연적으로 질병에 걸리고, 치료되는 일은 없다. 항생제가 무한 투여될 뿐. 그들이 낳는 알은 그래서 닭들의 고통과 아픔이 결집된 독 덩어리일 뿐이라는 것이다.

$16m^2$의 내 작은 다락방에 앉아, 그 방의 500분의 1도 안 되는 공간에서 오직 독이 될 달걀을 낳다 미쳐 죽는 어미 닭의 생애를

접했을 때, 그들의 고통이 내게 고스란히 전해졌다. 기존의 삶을 벗어나 환경을 새롭게 리셋한 사람에게 전달되는 정보는 막강한 흡수력으로 스며든다. 백지가 된 상태로 새로운 땅에서 걸음을 시작하는 것과 비슷하기에 그 시절의 기억과 만남들은 결정적 흔적을 남긴다.

누구를 위해 그들의 고통은 설계된 것인가? 왜 대부분의 사람들은 그 비참으로 범벅된 생을 마친 닭을 먹고, 그들이 낳은 독으로 뭉친 달걀을 먹어야 하는가? 그 독뿐인 달걀을 먹는다는 것은 어떤 의미를 가지는가? 어떤 식으로 질문을 던져 봐도 이 지옥도에서 어떤 긍정적 의미를 거두는 사람은 양계장 주인 단 한 사람뿐이었다. 그가 거둘 더 많은 이득을 위해 설계된 이 지옥도에 더이상 동참할 수 없었다. 그날로 난 마당에서 뛰어 놀며 항생제로 범벅되지 않은 멀쩡한 곡물들을 쪼아 먹던 닭들이 낳은 달걀을 먹기로 한다. 그것이 동물로 태어나 단 한 번도 땅을 밟아보지 못하고, 하늘도 구경하지 못한 채 죽어가는 그들의 수난에 동참하지 않는 방법이었다.

유기농 닭이라 해서 천수를 누리는 것은 아니다. 그러나 살아 있는 동안 닭으로 태어나 누려야 할 최소한의 권리, 그저 마당을 거닐며 꼬꼬댁거리고, 가끔은 푸드덕거리며 뛰어올라 보기도 하며 평온한 날들을 누리게 하는 것이 지구에서 함께 살아가는 생명체에 대한 예의가 아닌가.

시장에는 양계장에서 공장식으로 길러지는 닭, 마당을 밟으며 자라는 닭, 그 중에서도 유기농 사료로 키워진 유기농 닭, 이렇게 세 가지 분류의 닭이 나와 있었다. 당시 유기농 달걀과 일반 달걀의 가격 차이는 약 2배 정도. 프랑스에 학생으로 머무는 동안 생존 이상을 크게 넘어서지 않는 소박한 삶을 설계하였으나 그 짧은 독서가 '유기농 달걀'이라는 사치를 내 삶에 끌어들였다.

달걀을 유기농으로 먹으면 닭 역시 그리해야 하는 것이 상식이다. 그러나 유기농 닭은 보통 닭보다 3배쯤 비쌌다. 난 육식을 대폭 줄이는 방향을 택했다. 인간의 탐욕으로 온통 지옥만 겪다 죽는 고기를 먹으니 육식의 소비를 줄이고, 아주 가끔씩만 유기농 고기를 먹는 길로 들어섰다. 몇 년 뒤 집에서 먹는 음식의 100%를 유기농으로만 채우는 유기농 근본주의자를 만나 공동의 삶을 이루면서 나의 불완전한 유기농주의는 굳건한 삶의 방식으로 진화해갈 수 있었다.

2018년 통계로, 프랑스에선 마당에서 길러진 닭이 낳은 달걀이 전체의 42%를 차지하며 마당에서 길러졌을 뿐 아니라 유기농인 달걀의 비중은 전체의 28%에 이른다. 21세기 이후, 광우병 파동과 조류독감 파동 등 숱한 음식물과 관련한 사회적 환란들이 이어지면서 사람들의 건강한 먹거리와 동물권에 대한 관심이 급격히 상승한 결과다.

유기농산물이 늘어나면서 유기농산물과 비유기농산물의 가격
차는 더 좁혀졌다. 우유나 달걀의 가격은 20% 안쪽으로 가까워졌
다. 물론, 여전히 양계장에서 사육되는 58%의 닭들이 있다. 그들
이 사육되는 공간의 면적은 한 마리당 0.75m², 한국의 양계장보단
조금 나은 환경이긴 하나, 그들 역시 땅을 밟아볼 수 없는 고통스
런 운명이긴 마찬가지다.

그러나 유럽연합이 2012년부터 공장식 배터리 양계장의 신축
을 금지하고 2025년까지는 전면 금지하기로 하면서 방사 형태로
닭을 키우는 축사가 점점 늘어나고 있다. 프랑스 정부도 2022년까
지 마당에서 자라는 방사형 양계의 비율을 50%까지 올리기로 하
고 양계장 개조를 위한 지원을 하는 중이다. 2022년은, 프랑스 정
부가 모든 학교 급식뿐 아니라 공기관의 모든 구내식당에서 제공
되는 급식 식재료를 50%까지 유기농산물로 전환하는 것을 목표
로 삼고 있는 해이기도 하기에 농가들의 유기농 전환은 시대적인
필연적 과정이기도 하다. 이미 파리시를 비롯한 일부 지자체들은
50~100%에 이르는 수준의 유기농산물을 학교 급식에 제공하고
있으며, 유아들이 지내는 탁아소에서는 85~100% 수준의 유기농
식사가 제공되고 있다. 아이들은 이를 통해 건강한 먹거리에 대한
습관을 익혀간다.

박스 속 초록 수첩이 뿌린 씨앗

매년 여름, 아이와 함께 한국에 1개월 남짓한 시간을 보내기에 프랑스에서와 같이 건강한 음식을 먹을 수 있기를 기대하게 된다. 광우병에 대해선 우리도 어느 나라 못지않은 경각심을 드러냈고, 온 나라를 휩쓸고 간 가축 전염병 끝에 돼지며 닭이며 오리들을 살처분하는 일들을 숱하게 경험했지만, 여전히 유기농 축산물은 우리나라에서 소수의 사람들만이 관심 갖는 주제다.

어머니가 살고 계시는 아파트 단지에 2000년대 초 문을 열었던 두 개의 유기농 매장은 지난 4~5년 전 차례로 문을 닫았고, 대형 마트에서도 유기농 식품을 구입하기가 점점 어려워진다. 혹시 나만의 착시인가 싶어 통계를 들여다보니, 지난 5~6년간 유기농 시장이 급성장한 전 세계적 추세와는 정반대로 한국의 친환경, 유기농 시작은 또렷한 하락세를 보이고 있었다. 서울시, 경기도 등 일부 지자체의 학교 급식에서는 친환경 급식의 비중을 높인다는 기사들이 앞다투어 나오고 있지만, 전반적인 소비에서는 그런 추세가 이어지지 않고 있었다.

반면, 그 사이 텔레비전만 틀면 언제나 등장할 정도로 '먹방'은 한국인 삶의 일부가 되었고, 라면을 맛나게 끓이는 비결, 냉동 만두를 쫄깃하게 구워내는 비법을 전수해주는 남자는 인기방송인을 너머 식당 권력이자 문화 권력이 되어갔다. 그가 극찬한 식당 음식을 먹기 위해 새벽부터 줄을 서는 사람들이 생기는 만큼, 맛집에 대한 열광은 새로운 사회 현상이 되었다. 맛집에 대한 관심이 과열될수록 건강한 먹거리에 대한 관심은 식어갔다. 텔레비전이 먹방으로 채워져 가던 바로 그 시기, 유기농 매장들은 하나둘 문을 닫기 시작했다. 이것은 단지 취향의 문제인가?

그것은 대한민국의 산하가 무방비로 점점 더 많은 농화학 제품으로 오염되어 가고, 가축들 또한 더 많은 살충제와 GMO, 항생제에 찌들어가고 있음을 의미하는 것이기도 하다. 생명과 공존, 상생을 추구하는 사회에서 유기농산물 시장이 급격한 하향길을 걸을 순 없다. 유기농산물에 대한 사회적 무관심은 생명에 대한 존중으로부터 멀어져 가는 사회를 뜻하는 것이기도 하다.

3~4년 전, 아이와 함께 한국을 방문했을 때, 아파트 단지 놀이터에서 아이와 함께 그네를 타고 있는데 한 무리의 고교생들이 들어와 망친 기말고사에 대한 '속풀이'를 하기 시작했다.

"나, 대학 가긴 글렀고, 학교 졸업하면 창의적인 치킨집이나 해야겠다."

한 아이가 그러자, 또 다른 아이가 말했다.

"야, 넌 창의적인 치킨집 해. 난 과학적인 치킨집 할게."

저마다 어떤 개념의 치킨집을 할 것인지에 대한 구상이 시험을 망친 아이들이 자조적으로 펼쳐놓는 수다의 주제였다. 아이들 농담 속에서도 치킨집은, 미래에 대한 아무 대안도 갖지 못할 때

생명과 공존, 상생을 추구하는 사회에서
유기농산물 시장이 급격한 하향길을 걸을 순 없다.
유기농산물에 대한 사회적 무관심은
생명에 대한 존중으로부터 멀어져 가는 사회를
뜻하는 것이기도 하다.

떠올릴 수 있는 생계수단으로 등장한다. 스트레스 충만한 사회에서 '치맥'은 최고의 위로고 배달된 양념치킨은 축구 시청의 영원한 동반자니까.

우리가 어느 스타 셰프에 열광하고, 그가 엄지를 치켜든 맛집에서 돈가스를 먹기 위해 새벽부터 줄을 서는 동안, 조류독감과 돼지열병은 때 되면 몰려드는 태풍처럼 또 다시 우리의 농촌을 덮칠 테고, 우린 늘 해오던 대로 공무원을 동원해 그들을 살처분할 것이다. 아무런 반성도 후회도 없이.

가축들이 건강해지는 데 필요한 건, 발 딛고 서 있을 땅, 바람 통하는 창, 바라볼 수 있는 하늘, 자연에서 난 사료뿐이다. 그들이 건강한 삶을 누려야 우리도 함께 그것을 누릴 수 있다.

박스 속 초록 수첩이 뿌린 씨앗

◆

금지된 음식
vs 금지한 음식

구약성서의 레위기 11장에는 이런 구절이 있다.

> 돼지는 굽이 갈라지고 그 틈이 벌어져 있지만, 되새김질을 하지 않으므로 너희에게 부정한 것이다. 너희는 이런 짐승의 고기를 먹어서도 안 되고, 그 주검에 몸이 닿아서도 안 된다.

이 규정에 근거하여 유태인들은 돼지고기를 먹지 말아야 할 음식으로 분류했다. 이슬람에서도 역시 돼지고기는 금지된 음식이다. 그들은 돼지가 잡식을 하는 동물로 인간과 식량을 두고 경쟁하는 관계에 있기 때문에 금기시하게 되었다고 한다.

유태인도, 이슬람교도도 아니지만 난 날 때부터 돼지고기라는 금기를 안고 살았다. 구약성서의 저 구절을 철저히 지키는 기독교의 한 종파에 부모님이 다니는 교회가 속해 있었기 때문이다. 그것이 자발적인 선택이었다면 돼지고기를 먹지 않는 게 별 거 아닐 수 있다. 그러나 스스로 선택한 적 없고, 따라서 그래야 하는 이유를 수천 년 전에 쓰인 저 성경 구절 이외에는 알지 못하는 금기를 출생에서부터 받아들여야 하는 것은 간단치 않은 일이다.

중3 때, 담임선생님이 남아서 환경 미화를 거든 아이들에게 과감히 짜장면 열 그릇을 쏘시려는 환희의 순간에 "선생님, 저는 짜장면 못 먹어요." 하며 외마디 소리를 지르며 혼자 우동을 주문하는 까탈스러운 진상으로 나를 각인시키는 일, 그런 난감한 일들이 숱하게 내 인생에 스쳐 갔다. 하굣길, 포장마차에 둘러서서 케첩이 뿌려진 핫도그를 먹는 친구들을 관심 없다는 눈빛으로 스쳐 지나가야 했고, 소풍 가서 다른 아이들이 싸 온 김밥에는 손을 댈 수 없었다. 중국집에서 파는 탕수육도, 딸려 나오는 군만두도 남의 떡이었다. 대다수 아이들이 '환장'하는 돈가스를 썰어볼 수도 없었다. 심지어 겨울에 나오는 호빵 가운데 야채 호빵도 먹을 수 없다. 거기에 들어 있다고 짐작되는 소량의 돼지고기 때문이다. 돼지고기를 먹어서는 안 된다는 것은, 다른 아이들이 누리는 그 흔한 기쁨이 내겐 금지된 것임을 받아들여야 했다.

초등학교 5학년 때, 한 번은 아이들과 도시락을 나눠 먹다가 그것이 돼지고기인 줄 모르고 먹은 적이 있다. 내가 막 삼킨 것이 돼지고기라는 사실을 알자마자 난 휴지통으로 가서 내가 먹은 걸 뱉어냈을 뿐 아니라, 집에 오는 길에 버스를 타지 않고 일부러 한 시간 거리를 걸어 돌아왔다. 먹은 것을 모두 뱉어내기 위해, 또 한 편으로는 속죄하기 위해. 이런 아이가 주변에 있다면, 우리는 그 아이를 당연히 좀 불편하게 혹은 재수 없게 여기게 될 것이다.

그 설명하기 힘든 금기를 타인들에게 노출시키지 않기 위해 스스로 사람들과 거리를 두기도 했다. 나의 신념이 선택하지 않은 일을 남들에게 설득하거나 설명할 수는 없기에.

이렇게 금기를 끼고 살다 보면 세상이 100에서 돼지고기를 뺀 99 정도로 축소되는 게 아니라, 한 절반 정도로 축소되는 느낌을 받는다. 선과 악으로. 내가 알지 못하는 사이에 그어진 어떤 금단 의 선을 피하기 위해 조심해야 하며 내가 알지 못하고 밟았을지라 도 그것이 죄가 되는 일들이 세상에 무수히 있을 수 있다는 사실 을 주입 받는다. 그러니 나는 늘 잠재적 죄인인 것이다. 축소된 자 아, 제한된 자아를 부여 받은 사람은 쉽게 자신을 압도적인 힘에 의지하게 된다. 종교라는 프레임은 그렇게 작동한다.

절대 권력이 사람들을 지배하는 원리와도 비슷하다. 죄가 되 는 웅덩이를 사방에 파놓고, 그 웅덩이에 빠질까 봐 전전긍긍하는 사람들의 불안을 인자하고도 전지전능한 절대적인 존재에 의탁하게 만드는 구조. 이런 상황에서 사람은 이성의 힘으로 세상을 모두 이해하고 파악하려는 시도를 멈추게 된다. 종교가 곁가지를 치며 분화될수록 금기의 가짓수가 많아지는 이유다. 그래야 죄목도 많아지고 그래야 더 강력한 불안이 생성되며 의탁할 넓은 품을 찾게 되는 메커니즘이 작동한다. 희미한 정통성은 막강한 계율을 동원해 메우는 방식이다. 큰 뜻을 가지신 그분께 나의 모든 것을 의지하고 내게 다가오는 모든 행과 불행도 그분의 뜻 안에서 해석하게 된다. 한국과 일본이 소위 사이비 종교의 천국이 된 것은, 그것이 불안이 팽배한 사회구조를 먹고 자라기 때문이다.

어차피 입시지옥 안에 얌전히 갇혀 살아야 할 운명인 한국 청소년이었으니, 나에게 그 축소된 세계에 대한 갑갑함은 상상의 영역에 머무는 경우가 많았다. 좀 까탈스런 애로 살아가는 걸로 '땜빵' 하면 그만이었다. 그러나 내 머리 반쪽을 내가 점유하지 못했다는 인식은 선명했다. 그것은 어른이 되면 해결해야 할 과제였다.

열아홉 살이 되고 사회과학 서적들에 머리가 닿자마자, 나는 튕겨 나오듯 종교를 삶에서 말끔히 몰아냈다. 그러나 그 음식에 대한 압도적 금기를 내 삶에서 몰아내는 데에는 제법 긴 시간이 걸렸다. 짜장면이나 돈가스는 먹어도, 적나라한 고기 살점이 보이는 삼겹살을 접수하는 데까지는 긴 세월이 필요했다. 지금까지도 족발

금지된 음식 vs 금지한 음식

이나 순대는 접근해본 적이 없는 음식이다. 그러나 금기의 경계를 모두 지운 후, 먹지 않는 음식에 대한 생각은 완전히 달라졌다.

내가 금기를 가졌기에 희생되지 않을 수 있었던 돼지의 마릿수를 떠올렸다. 세상의 많은 종교들이 인간의 욕망을 억제하고 통제한다. 무릇 인간들이 구성한 사회는 그렇게 그들을 다스려줄 윤리나 계율을 필요로 한다. 10계명이 "나 이외에 다른 신을 섬기지 말라."부터 시작해서 온통 금지의 항목들로 채워져 있듯이.

힌두교는 소를 먹지 않고, 불교의 승려들은 육식을 금하며, 유대교와 이슬람교는 돼지고기를 먹지 않는다. 그렇게 따지면 육식에 대한 금기를 가진 인류는 제법 많다. 이슬람과 힌두교 신자만 합해도 20억이 넘으니 나머지를 합하자면 인류의 1/3 정도에 이르지 않을까 싶다. 그들이 아무런 육식에 대한 금기 없이 살아갔을 경우 소비되었을 육류의 양을 생각해보면 새삼 종교의 숨겨진 순기능을 발견했다는 생각에까지 이른다.

금지의 영역이 있다는 것은 절제된 욕망의 영역이 늘어난 것을 의미하기도 한다. 종교들은 저마다의 이유를 찾아 인간의 욕망을 억제하도록 시킨 것이기도 했다.

딸아이는 여덟 살 무렵, 채식을 2년 정도 시도했다. 공장식 축산이 이뤄지는 아비규환의 장면을 5초 정도 유튜브에서 본 걸로 충분했다. 아이는 자신이 하는 육식이 동물들에게 어떤 희생을 요구하는 일인지를 간파했고 그 순간 채식으로 돌아섰다. 2년 뒤, 슬그머니 채식주의를 놓고 다시 소극적인 잡식으로 돌아섰지만 고기를 즐기진 않았다.

다시 아이의 요구에 이끌려 온 가족이 제법 비장한 채식 모드로 들어서게 된 것은 아마존이 수개월째 타들어 가고 있다는 소식을 들었을 때였다. 아이 가슴이 아마존 숲과 함께 타들어 가고 있었다. 아이는 아마존이 더 이상 타들어 가지 않게 하기 위해 다시 채식을 선언했고 엄마 아빠는 아이의 뜻을 공유했다. 아마존의 산불은 목축지 확대와 소들을 위한 사료 경작지 확대를 위해 농민들에 의해 저질러지는 방화에 의한 것이었다. 인류가 쇠고기를 덜 먹는다면, 아마존은 더 이상 훼손되지 않을 수 있다. 아니, 그것이 아마존 반대편에서 사는 인간이 아마존의 보존을 위해 할 수 있는 유일한 실천이었다.

스스로 결정하는 금지는 사람을 축소시키지 않는다. 오히려 자아를 단련시키고 몸과 정신을 유연한 하나의 팀으로 엮는 훈련을 시킨다. 내 몸을 구성하는 성분들을 정치적, 생태적 감각과 이성적 판단으로 결정하면서 나는 나의 길을 만들고, 나를 지휘하는 더욱 주체적인 인간이 된다.

칼리 친구 클라라가 방학 때 집에 놀러와 일주일 정도를 같이 보낼 때면, 우린 아무 주저 없이 기꺼이 그 아이와 함께 비건의 삶

스스로 결정하는 금지는

사람을 축소시키지 않는다.

오히려 자아를 단련시키고 몸과 정신을

유연한 하나의 팀으로 엮는 훈련을 시킨다.

내 몸을 구성하는 성분들을

정치적, 생태적 감각과 이성적 판단으로 결정하면서

나는 나의 길을 만들고, 나를 지휘하는

더욱 주체적인 인간이 된다.

속으로 들어간다. 열 살 때부터 비건을 시작한 클라라에게 비건으로 살아가는 것은 철학이며 세계관이다. 그 아이와 함께 버터도 계란도, 우유도, 치즈도 허락되지 않는 식단으로 섭생하며 아이의 세계관 속에서 잠시 지낸다.

이 모든 익숙한 식재료들을 밀쳐두고 식단을 짜노라면 하나의 제거된 변수가 무한한 창작의 동기를 제공한다는 것을 발견한다. 고기나 생선 옆에서 꼽사리나 장식의 역할을 하던 식물들을 메인 무대에 세워야 하기에 그들에게 다른 역할과 의미를 부여하게 되고, 새로운 조합이 탄생하게 되는 것이다. 예를 들면 클라라 아빠가 레시피를 부탁해 오기까지 한 '두부 탕수' 같은.

비건과 채식, 잡식 사이를 이렇게 수평이동하며 식생활의 경계를 유연하게 좁히고 때론 넓혀본다. 어린 시절 일방적으로 금지되던 돼지고기. 그 금단의 땅 너머에 선 사람이 가졌던 차단과 축소, 단절의 느낌과는 완전히 다른, 경계선을 내 맘대로 긋고 닫으며 넓히고 좁히는 섭생의 주체가 된다. 지구라는, 우리가 너무 오래 망각해온 친구의 심장에 귀를 대고 그 친구와 함께 오래 살 궁리를 하며.

금지된 음식 VS 금지한 음식

◆

종의 다양성,
문화의 다양성

파리에 살다가 파리에서 직선 거리로 1km에 있는 외곽 도시로 이사 온 지 7년이다. 이 집을 찾는 데 3년 정도 걸렸다.

집을 보러 가면, 우리는 그 집에서 나온 후 늘 가까운 동네 까페에 들러 서로의 집 구경에 대한 감상을 주고받았다. 첫인상에서부터 서로가 발견한 그 집의 강점과 장점들을. 집을 오래 보러 다니다 보니 시간이 지나면 정보와 인상이 흐릿해지는 경우가 있어서 나중엔 평가를 위한 객관적 지표를 만들었다.

일반적으로 집으로 고를 때 기준이 되는 대중교통이라거나 주변 환경, 남향인지, 새집인지, 대공사가 필요한 집인지를 떠나, 나한테는 나만의 가산점이 있었다. 유기농 매장이 집에서 5분 거리에 있으면 가산점 5점이다. 집 창문에서 대나무가 보여도 마찬가지. 이것으로 희완은 늘 나를 놀렸다. 대나무야 심으면 되는 건데

가산점 5점은 너무한 거라고. 모르는 소리였다. 대나무가 심어져 있는 집은 무조건 예뻐 보였기 때문에 오히려 그 콩깍지를 가산점 5점으로 묶어 놓는 게 사실은 더 합리적인 방법이었다.

희완에게는 아틀리에를 위한 넓은 공간과 그 공간을 위한 독립적인 출입문이 있을 것, 큰 재료를 쉽게 들여올 수 있는 넓은 창문이 딸려 있을 것이 필수 조건이었다. 기존에 살던 집도 구조가 독특해 팔기 힘들었고, 이사 가고자 하는 집에 대한 요구 사항 또한 까다로워 사기도 힘들었던 우리의 이사는 3년 만에 결실을 이루어 우리는 드디어 가까운 유기농 매장과 독립성을 보장하는 출입문 3개가 있으며 정남향이고, 정원에는 대나무가 심어진 집을 구해 이사했다.

그리고 가산점 항목을 충족시킨 집을 구한 덕을 톡톡히 보고 있다. 특히, 제법 규모가 큰 동네 유기농 매장에는 내가 원하는 것들이 거의 다 있다. 쌀은 물론 된장, 간장, 국수까지. 가장 흡족한 부분은 계절과일과 야채들로 풍성한 채소·과일 코너다.

사과가 나오는 철이면 14가지 정도의 서로 다른 이름과 맛을 가진 사과들이 코너를 채운다. 난 그 모든 맛을 고루 음미하고자 종류별로 제일 예쁜 놈을 고른다. 그 어떤 농부도 소외되지 않고 고루 자신들의 사과나무를 키우길 바라는 의미에서. 그리고 이 넓은 선택의 풍요를 제공해준 사람에게 감사하며.

팔다 보면 그 중 베스트셀러가 있을 테고, 그럼 한두 가지 종류의 사과만 갖다 놓을 수도 있을 것 같은데 여긴 언제나 다양한 종을 가져다 놓는 것을 원칙으로 한다. 겨울철인 요즘엔 무도 다양하게 매장을 채운다. 흰 무, 겉은 새까맣지만 속은 하얀 무, 보라색 무, 노란 무 등 그 종류가 7가지다. 양파도 흰 양파, 노란 양파, 연보라색 양파, 진한 보라색 양파 등 4~5가지 종류를 판다. 프랑스 어딜 가나, 가장 많은 가짓수의 품목들이 긴 진열대를 차지하고 있는 와인도 마찬가지다. 보통 마트에서도 와인은 수백 가지 종류를 팔지만 유기농 매장에서도 70~80여 가지 종류의 와인을 판매한다.

이 넓은 선택의 범위가 의미하는 것은 뭘까. 풍족한 사회가 부려보는 허세이거나 만용일까? 그렇게 말하기에는 이 유기농 매장에 거품이나 사치처럼 보이는 것은 아무것도 없다. 딱히 상술에서 비롯된 것으로 보이는 유혹이나 아부도. 그 흔한 1+1 이라던가, 많이 산 손님에게 주는 선물 같은 것도. 1년 내내 비슷한 미소로, 비슷한 소박함과 철저함으로 굴러간다. 결국, 동네 유기농 가게가 보여주는 종의 다양성의 놀라운 수준은 판매 전략을 떠나 하나의 철학적 태도나 신념을 드러내는 것이 아닐까 싶다.

마치 멀티플렉스에 20개의 관이 있어도 동시에 한 영화를 두 개 이상의 관에는 걸지 않는 것과 같다. 그것은 이 나라가 상영관들에게 부여하는 의무 사항이기도 하지만 영화관들이 가진 기본

상식에 속하는 일이기도 하다. 자본의 무례함이 보란 듯이 상식의 경계선을 짓밟고 무너뜨리는 건 흔한 일이기에 그 상식을 법제화 해두었을 뿐이다.

동네에 있는 시립 영화관 — 영화관이 5개다 — 에서는 매달 80여 개가 넘는 영화들을 상영한다. 이 영화관에서 상영되는 영화들의 국적은 30여 개에 육박한다. 장르나 소재 또한 다양하다. 어느 날 그 영화관의 디렉터를 취재할 기회가 있어서 물었다. 프로그래밍의 첫 번째 원칙이 뭐냐고. "다양성의 극대화"란 대답이 그의 입에서 나왔다.

다양성은 그 자체로 하나의 가치다. 폐쇄성과 대척점에 있는 개방성을 의미한다. 강자, 다수에 대한 편향을 지양한다. 약자, 소수자의 자리를 강자와 다수자들의 자리와 나란히 둠으로써 존중과 평등이란 가치에 다가간다. 팔레스타인에서 나온 영화와 미국에서 나온 영화에게 늘 하던 대로 동등한 자리를 부여하는 일은 현대 사회에서 대범한 정치적 의미가 실린 행동이 된다. 그저 다양성을 고수하는 것만으로 격렬하게 대박의 신화를 향해 달려가는 사회와 충돌하는 것이 된다.

동네 유기농 가게에서는 때때로 소비자와 매장과의 소리 없는 논쟁이 벌어지기도 한다. 매장 입구에 있는 공책을 통해서다. 이 매장을 찾는 많은 손님들이 왜 남미나 아프리카에서 나는 과일들을 가져다 놓느냐, 그것은 전혀 '에콜로직'한 방식이 아니라고, 당장 매대에서 치우고 갖다 놓지 말라고 요구한다. 매장에서는 "그걸 갖다 놓지 않게 하고 싶다면 사지 말라, 소비자들이 반응하지 않으면 된다."고 답한다. 소비자들은 이러한 답변에도 수긍하지 않았다.

"우린 이 매장을 통해 윤리적인 소비를 하고 싶어서 여기에 온다. 당신들에 대한 신뢰가 우리로 하여금 이 매장에 오게 만드는 것이다. 그런데 상품들 속에 수천 킬로미터를 배로 혹은 비행기로 실어온 음식들이 있다니, 그것은 소비자를 함정에 빠뜨리는 것이다."

수개월 동안 매장 측과 소비자들 측 사이에 노트를 통한 씨름판이 벌어졌다. 결국 운영위원회에 이 문제가 회부되기라도 한 걸까? 어느 순간부터 뉴질랜드산 키위는 이탈리아산으로, 마다가스카르의 망고는 스페인산으로 대체되기 시작했다. 더 싼 것보다 더 가까운 곳에서 구입하기로 한 것이다.

소비자가 나태했던 매장의 생각을 견인한 케이스다. 이 유기농 매장에서 가장 값나가는 음식은 육류다. 육류는 비유기농에 비해 두 배쯤 가격이 비싸다. 그러나 유통기간 만료 1주일 전부터 10%씩 할인을 해서 대부분은 30%에서 완벽히 소진된다. 1+1이 없는 대신 사 간 과일을 쪼개 보니 썩어 있어서 들고 가면 한 개라도 군소리 없이 교환해준다. "당신을 믿는다"는 또 하나의 신념이 이런 태도를 설명해주는 배경이다.

다양한 종류의 야채와 과일을 공급한다는 것은 결국, 소비자로 하여금 다양한 선택이라는 모험으로 이끄는 것이고, 지구상의 다양한 종자를 그렇게 다함께 보존하고 지켜간다는 뜻이기도 하다. 생물 종의 다양성을 지키는 것과 문화의 다양성을 지켜가는 것은 결국 같은 싸움이다. 만인이 같은 것을 먹고, 같은 옷을 입고, 같은 영화를 보는 것은, 누군가의 대박 신화를 위해 자본의 요구에 무력하게 투항하는 것이다.

동종교배는 바보를 낳고, 이종교배는 튼실한 풍요를 약속한다.

다양한 종류의 야채와 과일을 공급한다는 것은 결국,

소비자로 하여금 다양한 선택이라는

모험으로 이끄는 것이고,

지구상의 다양한 종자를 그렇게 다함께 보존하고

지켜간다는 뜻이기도 하다.

밥상의 무기,
포크와 젓가락

유럽에서 포크가 사용되기 시작한 건 11세기, 베네치아에서였다. 비잔틴 제국의 공주 테오도라가 콘스탄티노플(오늘의 이스탄불)에서 이탈리아 베네치아로 시집오면서 포크를 가져온 것이 그 계기였다. 당시 베네치아 사람들에게 공주가 음식을 포크로 찍어 먹는 모습은 놀라운 사건이었다. 그렇다. 그 무렵 ― 그 후로도 오랫동안 ― 유럽인들은 주로 손으로 식사를 했다.

세상이 신의 지배하에서 옴짝달싹하지 않도록 구세계의 수호자를 자처해온 성직자들은 이 괴이한 도구의 사용을 대뜸 '신성모독'이라고 해석한다. 하느님이 주신 음식을 손으로 먹지 않고 사탄의 삼지창 모양을 한 도구를 식탁에서 사용하는 것을 신에 대한 불경으로 간주한 것이다. 그로 인해 공주에게 하느님의 벌이 내릴 것이라고 예언까지 했는데, 공주가 실제로 병에 걸리자 하느님의 노여움 때문이라며 설교를 늘어놓기도 했다.

시집오자마자 이런 초특급 트집으로 없던 병도 생기게 만들어 놓고서 자신의 예언이 맞았다며 주교는 포크에 대한 저항감에 불을 붙였으나 실용이 권위를 이겼던 걸까? 아님, 총독의 아내였기에 그 정도에서 멈춘 걸까? 공주는 회복되었고, 더뎠지만 포크는 이탈리아 귀족 사회에 침투해 갔다. 먼 데서 시집온 여자들이 전하는 낯선 문물은 파란과 저항을 일으키면서도 새로운 사회에 곧잘 스며들며 문화의 진화를 추동해왔다.

항시적 전쟁 상태였던 그 시대를 생각하면 무기의 축소판으로 생긴 물건이 식탁 위에 놓이는 것이 긴장감을 유발할 수도 있었을 것 같다. 그러나 호기심과 필요는 두려움을 이긴다. 손에 음식물을 묻히지 않아도 되는 압도적 편리함이 귀족들의 우아함을 찾는 태도와 맞아 떨어지면서 포크는 이탈리아 전역에 마침내 퍼지기 시작했다.

포크가 프랑스로 건너온 계기 역시 혼수품 가방을 통해서다. 메디치가에서 프랑스 왕가로 시집온 카트린 드 메디치가 피렌체에서 바리바리 싸들고 온 물건들 속에 금으로 된 포크가 들어 있었다. 앙리 2세와 결혼하여 1547년에 프랑스 왕비가 된 그녀는 요리사들과 식기, 주방 용품들은 물론 이탈리아의 음식 문화 자체를 프랑스에 들여와 프랑스 왕실에 식탁의 르네상스를 가져왔다.

비잔틴에서 베네치아로 건너온 포크가 프랑스로 전해지는 데 5세기가 걸렸다면, 카트린 드 메디치가 가져온 포크가 유럽 귀족 사회에 퍼지는 데에는 1세기 정도의 시간이 소요된다. 이후 프랑스 혁명을 거치고 철을 대량 생산할 수 있는 산업혁명 이후에야 포크는 유럽에서 대중적으로 널리 쓰이는 식기로 자리 잡는다.

포크가 서양의 식단에 필수품으로 자리 잡은 것은 결국 18세기 말에 이르러서다. 우아한 식탁을 완성하는 데 쓰이던 귀족적 식기의 대명사였던 포크가 혁명과 함께 모두의 것으로 대중화된 것은, 포크의 사용에 대한 물리적 장애보다 심리적 장애가 더 크게 작용하고 있었음을 보여주는 대목이다. 왕실의 예술품 컬렉션 보관소이던 루브르를 무료 박물관으로 개방하여 모든 시민이 맘껏 누리게 할 수 있게 만든 것처럼, 귀족들만 누리던 이 럭셔리한 삶의 상징을 시민도 누리는 것이 혁명이 가져다 준 시민의 식탁에서 드러난 가장 큰 변화였다.

우리나라에 포크가 사용되기 시작한 기원은 명확히 알려져 있지 않으나 구한말 들어오기 시작한 선교사들에 의해서가 아닐까 추정해볼 수 있다. 1900~1907년을 시대적 배경으로 하는 드라마 〈미스터 선샤인〉을 보면, 두 여자 주인공이 카스텔라를 포크로 먹는 모습이 등장한다. 아무 망설임 없이 기쁨에 충만한 모습으로.

8세기 가까운 저항 끝에 포크의 사용을 받아들인 서구 사례에 견주어볼 때 그 어떤 의심도, 소요도 없이 이 낯선 도구가 식탁 위에 성큼 한 자리를 차지한 것을 보면, 이천 년 넘게 유일신을 믿는 종교의 지배하에 있던 유럽인들보다 우리가 좀 더 실용적 감각을 가진 사람들이란 생각을 하게 된다. 유교라는 실천윤리와 천지만물에 적절한 신성을 부여하는 토속신앙, 성불을 지향하는 불교가 융합된 세계에서 살아온 우리가 좀 더 유연한 사고를 가졌을 뿐 아니라 손가락이 아니라 도구를 사용해 음식을 먹는 행위에 오래전부터 익숙해져 있었기 때문인 듯도 하다.

젓가락과 숟가락만으로 충분했던 우리 식생활에 낯선 음식들이 등장하기 시작했고, 음식은 그것이 아무리 낯설어도 가장 쉽게 새로운 세계에서 제 자리를 파고들 줄 아는 문화의 영역이었으니 그 음식을 가장 효율적으로 먹을 수 있게 해주는 도구의 도입 또한 자연스러웠을 것이다.

내가 포크의 절대적 필요성을 인정하게 되는 순간은 떡볶이를 먹을 때다. 미끌미끌한 표면을 가진 떡의 정중앙을 정확히 조준해서 찍어 안정적으로 먹을 수 있게 해주는 유일한 도구이므로. 포크가 없어서 젓가락으로 떡볶이를 먹어야 할 때면 거의 아무 맛도 느낄 수 없다. 젓가락 사이로 미끄러져 빠져나가려는 떡볶이를 힘주어 쥐고 있느라 기운을 빼면서 먹는 즐거움이 훼손되기 때문이다.

8세기 가까운 저항 끝에

포크의 사용을 받아들인 서구 사례에 견주어볼 때

그 어떤 의심도, 소요도 없이 이 낯선 도구가

식탁 위에 성큼 한 자리를 차지한 것을 보면,

이천 년 넘게 유일신을 믿는

종교의 지배하에 있던 유럽인들보다

우리가 좀 더 실용적 감각을 가진 사람들이란

생각을 하게 된다.

동양에서 젓가락의 사용은 기원전 3000여 년 전 은조 시대로 거슬러 올라가고, 한반도에서도 기원전 18년에 발견된 백제 왕실 유물에 젓가락의 흔적이 남아 있다. 숟가락의 사용은 무려 청동기 시대로 거슬러 올라가니 숟가락과 젓가락이 함께 상에 오르게 된 것은 넉넉히 잡아도 삼국 시대부터다.

그 오랜 세월 젓가락은 거의 아무런 형태의 변화도, 그 어떤 문화적 저항도 없이 동양의 세계에서 사람들의 식사를 거들어 왔고 20세기 이후, 서양으로도 대거 진출을 이뤘다. 평행을 이루는 두 개의 날렵한 막대로 구성된 젓가락은 그 어떤 엔지니어링적 설계도 없어 보이는, 지극히 단순한 형태와 구성을 하고 있지만 5000년 넘게 그 모습 그대로 인류에게 사랑받는 도구였다는 사실은 처음부터 완결된 도구였음을 입증하는 것이다.

그 사용에 있어서 약간의 훈련이 필요하다는 사실은, 가벼운 진입 장벽을 형성하여 자유자재로 젓가락을 사용할 줄 아는 서양인들에게 약간의 문화적 허영을 충족시키는 요소가 되기도 한다. 회를 먹을 때, 국수나 우동을 먹을 때, 어린아이가 아니라면 젓가락을 사용하지 않는 서양인은 상상할 수 없다. 이는 심지어 교양에 어긋나는 일이 된다.

포크는 중동에서 이탈리아로, 이윽고 프랑스로 전해진 후 혁명을 통해 폭발적으로 대중화되면서 한 바퀴를 빙그르르 돌아 아시아로 흘러들어 왔고, 젓가락은 아시아에서 세계 곳곳으로 퍼져나간 음식들을 통해 함께 동반 진출했다.

우리 집 식탁엔 포크와 젓가락이 같이 놓인다. 나에겐 수저로 충분한 식단에서 남편은 포크와 나이프, 젓가락과 숟가락을 모두 요구한다. 두 개의 문명이 만나 이루는 식단에서는 그들과 어울리는 조력자가 필요한 법이고 이 남자는 문명의 풍요가 제공해주는 식탁에서 아무것도 놓치고 싶어 하지 않는다.

◆

채식주의 요리사,
레오나르도 다빈치의 레시피

2019년 10월부터 루브르 박물관에선 그의 탄생 500주년을 기념한 '레오나르도 다빈치전'이 열리는 중이다.

월요일 아침 시간으로 예약하고 갔는데도 관객들이 많아 떠밀려 다녔다는 지인의 이야기를 듣고, 좀 여유를 두고 가자고 느긋하게 마음먹고 있었는데 알고 보니 10월 예약이 시작된 지 일주일 만에 내년 2월 말까지 모든 입장권이 매진되어 버렸단다. 세상 어느 누가 죽은 지 500년이 되도록 이토록 막강한 티켓 파워를 가질수 있을까? 다빈치는 이로서 가뿐히 피카소를 능가하는 슈퍼스타임을 입증한 셈이다.

다빈치가 남긴 7개의 노트 중 하나를 구입하기 위해 350억을 경매에서 지불했다는 빌 게이츠에 비하긴 어렵겠으나, 나 역시 르네상스 시대에서 온 이 남자에 대해 평생 끓어오르는 호기심을 지니고 살아왔다. 20대 때 읽었던, 생각보다 지루했던 그의 전기를 보면 시작했다가 마무리한 그림이 손에 꼽을 정도, 고안한 발명품은 무수히 많으나 제대로 작동한 건 거의 없던, 냉정하게 말하면 그는 상상력과 지식은 풍부했으나 정확도에선 2% 부족한 천재였다.

1482년 밀라노의 군주 루도빅 스포르차에게 다빈치가 보낸 자기소개서에 그는 자신을 차량 설계사, 무기 제작자, 다리 설계사, 건축가, 조각가, 그리고 필요하다면 화가의 역량도 제공할 수 있다고 소개하고 있다. 세상에서 가장 유명한 그림의 화가가 이력서 말미에 적어 넣은 재능이 그림그리기였던 사실은, 그에 대한 호기심을 오히려 증폭시킨다.

무엇으로 빚어진 존재인지, 왜 세상은 그를 이토록 길게 연모하는지 궁금할 따름인 다빈치가 500년 전 인생의 마지막 순간을 보낸 곳은 프랑스 르와르 강변에 있던 클로 뤼세 성(Château du Clos Lucé)이다. 르와르 강변에 줄지어 서 있는 프랑스 왕가의 고성들을 방문하는 여행에서 클로 뤼세 성에 가게 된 건 그러므로 필연이었다.

피렌체, 밀라노를 거쳐 로마에서 살고 있던 그를 프랑스로 오게 한 사람은 프랑스의 첫 계몽군주 프랑수아 1세였다. 7헥타르에 이르는 넓은 정원이 딸린 클로 뤼세 성과 당시로선 파격적인 연금을 제시하며 프랑스에 와 자신의 휘하에서 재능을 발휘해 줄 것을 청하는 프랑스 왕의 요구를 그는 받아들였다.

"레오나르도, 당신은 이제 내 곁에서 자유롭게 꿈꾸고 생각하고 일하시오."

이탈리아의 군주들과 귀족들이 주로 그에게 엔지니어의 역할을 요구하고 기대했던 것과 다르게 프랑수아 1세는 레오나르도에게 예술가로 존재해주길 바랐다. 다빈치가 몇 명의 제자들과 함께 64세의 노구를 이끌고 알프스 산을 넘어 루아르 강가의 성에 도달했을 때, 그의 가방엔 세 점의 그림과 그의 노트들, 메모들이 들어 있었다. 그 중 한 점이 아직 완성되지 않은 모나리자였다. 오늘날 루브르 박물관에 모나리자가 걸려 있는 이유가 되겠다.

붉은 벽돌로 단장한 아담한 크기의 클로 뤼세 성은 가족 단위 방문객과 학교 단체 관람을 끊임없이 이끄는 매력적인 박물관이다. 그의 노트에 적혀 있던 잠언들이 공간 곳곳에 떠 있고 그의 스케치들, 필사본들 — 진본은 세계 곳곳의 박물관과 도서관에 있으나 — 임종을 맞이한 침실, 아틀리에, 거대한 부엌, 40점에 이르는 발명품 모형 전시 공간들과, 다빈치가 자연과의 지속적 교우를 가질 수 있게 해주었고 지금은 실물 크기의 발명품들이 곳곳에 전시되어 있는 넓은 정원들로 알차게 꾸며져 있다.

그 중 유난히 내 시선을 끄는 것이 있었으니, 그것은 다빈치의 레시피들이었다. 직접 텃밭을 일구기도 했으며 식물학자로서도 인정받은 그는 자기만의 레시피들을 만들어 건강을 도모하고, 미식의 세계를 탐험했던 요리사이기도 했던 것이다.

고대 그리스에서 채식주의는 지식인 사이의 트렌드 중 하나였다. 미소년들과 동성애를 즐기는 것이 그러했듯. 수학자 겸 철학자 피타고라스, 역사학자 헤로도토스, 철학자 겸 과학자 엠페도클레스, 전기 문학의 아버지 플루타르크…… 채식을 즐긴 고대 희랍 명망가들의 명단은 길다.

신의 권위에 인간이 압제당한 중세의 두터운 암흑기를 뚫고 이탈리아의 도시 국가들을 중심으로 고대 그리스의 정신과 함께 '인본주의'가 부활한 르네상스가 왔을 때, 고대 그리스 시대의 다른 관습들도 되살아났다. 르네상스의 시대 정신을 온몸으로 구현하는 듯한 레오나르도 다빈치는 그 시절 대표적인 채식주의자였고 열렬한 동물 애호가였다.

그는 모든 자연 현상들이 상호 간에 긴밀하게 연결되어 있다고 믿었고, 동물들을 죽여서 식용으로 취하는 관습에 대해 인류가 반드시 미래의 어느 날 대가를 치르게 될 거라고 믿었다. 동물을 매개로 번지고 있는 역병들이 잇달아 창궐하는 작금의 상황을 생각하면 섬뜩할 정도로 예리한 통찰이 아닐 수 없다.

그의 레시피 노트에는 젊은 시절, 대형 연회 주관자로서 요리했던 연회용 레시피, 자신의 일상 속 식사를 위한 레시피들이 등장한다. 당대의 습관대로 고기를 이용한 것들도 있지만 그 자신은 동물 섭취를 꺼려하고 특히 말년에는 채식을 즐겼다는 것이 정설이다. 그의 노트는 장 봐야 할 허브들과 채소들, 자신이 개발한 여러 가지 레시피들로 채워져 있다. 예를 들면 이런 식이다.

• 무화과와 붉은 콩 볶음

하룻밤 물에 담가 불린 붉은 콩 한 컵, 햇볕에 말린 후 다진 무화과 한 컵, 다진 양파 1개, 마늘, 허브(바질, 로즈마리, 타임), 소금, 후추, 얇게 다진 파슬리 2큰술

기름을 두른 프라이팬에 불린 붉은 콩과 무화과, 양파, 마늘, 허브 등을 넣고 잘 볶는다.
소금과 후추, 다진 파슬리로 간을 맞춘다.

• 허브 소스

식초 250cc, 파슬리 한주먹, 민트 한주먹, 백리향 한주먹, 구운 빵 부스러기 한주먹, 소금, 후추
약한 불에서 식초를 데운다. 뜨거워진 식초를 병에 넣고, 거

기에 굵게 다져놓은 허브들(파슬리, 민트, 백리향)을 첨가한다. 밤새 허브 향이 퍼지도록 놔둔다. 구운 빵 부스러기를 첨가한다. 이 모두를 다시 데우면서 소금과 후추로 간하여 소스로 쓴다.

과연 맛있었을까? 의구심이 들기도 하지만 최소한 그가 허브와 채소들의 특징들에 대해선 잘 이해하고 있던 건 분명해 보인다. 그는 레시피를 만들고 직접 요리를 했을 뿐 아니라, 요리를 편리하게 하고 새로운 방식을 시도하게 해주는 요리기구들도 여러 가지 발명했다. 마늘 빻는 기구, 올리브기름 짜는 도구, 스파게티 면 뽑는 기계 등이 그가 고안해낸 도구로 알려져 있다.

그를 총애하던 프랑수아 1세는 특히 그가 만들어 대접하던 스파게티를 즐겨했다고도 한다. 왕과 보낸 인생의 마지막 시간 동안 그는 건축가, 엔지니어, 예술가, 그리고 연회 기획자로 일하며 그와 은밀한 식도락의 기쁨을 함께 나누다가 임종을 맞이했다고 전해진다.

레오나르도 다빈치가 가진 최고의 미덕은 호기심과 생명체에 대한 애정이다. 그는 아무 편견 없이 대상을 향해 다가가, 이해하고자 스케치한다. 겉뿐 아니라 내면까지. 그에게 그림은 대상을 더 잘 이해하기 위한 방법이었다. 호기심을 갖고 관찰하고, 더 깊이 이해하기 위해. 그리고 원리를 파악한다. 그렇게 하여 파악한 식물들, 동물들에 대한 이해는 그의 예술과 건축, 발명품, 의학 지식과 요리에 모두 공통으로 적용된다. 그에게 세상은 온전히 하나로 연결된 것이었다.

요리를 하는 것은 그가 해온 모든 일들과 비슷한 동기를 갖는다. 미지의 대상을 향한 호기심에서 출발해 대상을 세심히 살피고, 이해하기 위해 그림으로 옮겨보다가 그렇게 파악한 특성들을 기초로, 건강한 식단을 위한 레시피를 만드는 데까지 나아간다. 음식에 관한 실증적 경험은 그의 걸작 〈최후의 만찬〉에서 리얼한 음식들의 묘사로 구현되기도 한다.

그의 과학적 지식과 인문주의자로서의 자각, 예술적 감각은 서로의 영역에 경계를 긋지 않고 통섭의 세계에서 만난다. 그에겐 요리 역시 과학이고, 의학이었으며, 예술이었다. 혼외자로 태어나 동성애자, 왼손잡이, 채식주의자로 살았고, 동물을 지배하는 세상에서 그들과 인간에게 같은 의미를 부여했던 레오나르도 다빈치는 철저하게 소수자의 정체성을 지녔으나 당대에서뿐 아니라 사후에도 오랫동안 인류에게 사랑받아온 인간이다.

그의 노트엔 이런 말이 적혀 있다.

"별을 향해 가는 사람은 돌아서지 않는다."

사람들이 그에게서 사랑했던 것은 그가 인류에게 가져다 준

요리를 하는 것은

그가 해온 모든 일들과 비슷한 동기를 갖는다.

미지의 대상을 향한 호기심에서 출발해

대상을 세심히 살피고, 이해하기 위해 그림으로 옮겨보다가

그렇게 파악한 특성들을 기초로,

건강한 식단을 위한 레시피를 만드는 데까지 나아간다.

확고부동한 진보가 아니라, 반짝이는 눈으로 별을 향해 갔던 그 사람의 우아하고 아름다운 태도가 아닐까 싶다.

인생은 결과가 아니라 과정이었던 거다.

〈참고 도서〉
《Léonard de Vinci, La biographie》 Walter Isaacson, Quanto, 2019
《Biographics de Vinci》 Andrew Kirk, Armand Colin, 2017

◆

꼬빵 copain과
식구 食口

파리에서 10여 명의 지인들이 모여 정치적 행동을 하기 위한 모임을 만든 적이 있었다. 첫 모임이 결성되고 첫 번째 거사(!)를 실행한 이후에도 우린 3~4개월간 마땅한 이름을 짓지 못하며 무던히도 표류를 거듭했다. 그러다 마침내 합의하게 된 이름이 파리 꼬빵Paris Copain이었다.

Copain은 친구라는 의미의 단어이나 그 어원을 따져보면 co + pain, '빵을 나눠 먹는 사람' 이란 의미가 된다. 평범하기 이를 데 없는 친구란 단어의 어원적 의미를 확인한 순간, 멤버들은 '오호!' 하며 모두 눈을 동그랗게 떴다.

빵을 나눠 먹는 동지란 타지에 사는 비빌 언덕 없는 사람들에게 가장 절실한 존재일 수밖에 없다. 그 이름 속에 합류하는 순간, 내가 배고픈 날 나에게 빵을 나눠줄 사람이 언제나 있을 것 같은,

든든한 보험증서 같이 느껴지는 이 이름에 우리는 도장을 콱 찍어 버렸다. 그동안의 그룹 명칭을 둘러싼 현학적, 미학적 설왕설래들이 순식간에 사라지고 우리는 빵 앞에 하나가 되었다.

비장한 어조로 파리 한인들의 시국선언서를 써 내려가다가 단어 하나에 패가 갈리거나 틀어져서 며칠을 반목하고 격론을 벌이기도 했다. 그러나 서먹해질 만큼 격렬하게 마음이 갈라지다가도 술과 밥이 함께하는 모임이 누군가의 집에서 열리면, 다시 꾸역꾸역 모여 90%의 잡다한 수다와 10%의 시국을 향한 비분강개를 비벼 새로운 거사를 밀고 나가곤 했다. 우리가 만장일치로 택한 꼬빵이란 단어가 우리에게 적절한 거리와 밀도를 제시해 주면서 관계를 조율해 주었단 사실엔 의심의 여지가 없다.

인류가 유목 시절을 청산하고 강가에 정착하여 농사를 짓기 시작할 때 유럽에서는 밀이, 아시아에서는 쌀이, 아메리카 대륙에서는 옥수수가 주로 생산되었으니, 우리는 쌀로 밥을 지었고 유럽인들은 밀로 빵을 만들어온 것이 당연하다. 궁금한 점은 왜 우리는 밥을 나누는 사람을 '식구'라고 부르고, 이들은 왜 빵을 나누는 이들을 '친구'라고 불렀던 것일까?

밥을 짓는 데에는 아궁이 하나면 충분했고, 그 아궁이는 구들장도 덥힐 겸 집집마다 있었으나 빵을 굽는 데는 화덕이 필요했다. 화덕은 마을에 하나씩 있었고, 마을 남자들이 돌아가며 아침마다 그 화덕에서 빵을 굽는 것이 상례였다. '왜 이 나라 사람들은 주식인 빵을 집에서 만들어 먹는 문화를 구축하지 않았을까?' 프랑스에 발 디딘 다음 날 아침부터 빵가게에 줄 서서 바게트를 사야 했던 나의 이런 의문에 대한 답은 화덕에 있었다.

사람들의 삶이 분업화, 도시화되면서 마을마다 있던 화덕이 골목마다 있는 빵집으로 바뀌었을 뿐, 오래 치대어 고온에서 길게 구워야 하는 빵은 각자 집에서 구워 먹는 것보다 집단으로 굽는 것이 효율적이기에 빵은 여전히 밖에 나가서 구해오는 기본 식량인 것이다. 프랑스에서 가장 먼저 일어나는 사람은 그래서 제빵사다. 그들은 4시면 일터에 서 있고, 7시면 빵집은 문을 연다.

아침에 일어나 빵을 사기 위해 줄을 서는 사람들 중엔 남자가 압도적으로 많다는 사실도, 아침에 먹을 식량을 만들거나 그것을 들고 집에 오는 사람이 남자들이었던 전통의 흔적이다. 같이 둘러앉아 먹지 않고 한 지붕 아래 살지는 않으나, 돌아가며 빵을 굽고 그것을 나누는 사이는 식구보다 조금 더 넓은 개념, 신뢰하며 협업하고 나누는 사이가 되는 것이다.

프랑스 식당에서 따로 시키지 않아도 알아서 갖다주는 유일한 공짜 음식이 빵이기도 하다. 추가로 시켜도 얼마든지 더 줄 뿐 아니라, 음식과 함께 딸려 나오는 빵에는 값을 매기지 않는 것이 불문율이다. 개인주의가 강하고 두리뭉실한 덤이나 정情의 개념이라곤 찾기 힘든 사회지만 빵을 달라는 이들한테 "빵이 없으면 브리오슈를 먹으면 되잖냐!" 했던 싹수없는 왕비의 발언이 남긴 트라우마일까 발언의 주인공을 단두대로 보내고 구축된 시민사회에서는 빵에 대한, 사회적 약속이 담겨 있는 듯하다.

그런가 하면, 식구는 정확히 한솥밥을 나누는 사이, 그 밥을 짓게 한 온돌방의 온기에 같이 몸을 데우는 사이다. 친구보다 훨씬 더 강한 공동 운명체다. 내가 굳이 선택하지 않았어도 이미 속해 있는 끈끈한 구속력을 가지고 있기도 하다. 그들의 관계는 의무와 책임이 불균형하게 분배되어 있는, 대체로 서열이 분명한 수직적 관계다.

부모와 자녀들로 구성된 가족 공동체를 흔히 식구라고 하지만 딱히 혈연관계가 아닌 사람들을 식구라고 부르는 경우가 종종 있다. 종교 집단이 흔히 이런 개념을 즐겨하고 마피아도 '패밀리' 개념을 좋아하는 대표적 집단이다. 가족이 아닌 사람을 이렇게 식구라는 말로 엮을 땐 항상 함정이 따른다. 세상에 가장 비싼 밥은 '공짜밥'이란 말이 있듯, 혈연관계가 아닌데 식구라는 이름으로 얽혀 있다면 그에 상응하는 대가를 치러야 한다. 한없이 몸에 감겨오는 오지랖의 압박을 감내해야 한다든가 하는.

"우리 식구인데 왜 감찰을 하느냐?"

현 정권의 실세 인사들이 비위 혐의를 갖는 금융관련 고위공직자에 대한 감찰을 막으며 했다는 이 말이 하필, 이 글을 쓰는데 들려왔다. 이런 경우, 식구는 같이 검은 돈을 나눠 먹은 사람이란 의미가 된다. 이 때 저 '우리 식구'에 얽혀 있던 사람들은 같이 콩밥을 나눠 먹게 될 가능성이 크다.

어쨌든 밥을 같이 먹긴 하지만, 먹지 않으면 더 좋을 밥이다.

가족이 아닌 사람을 이렇게 식구라는 말로 엮을 땐
항상 함정이 따른다.
세상에 가장 비싼 밥은 '공짜밥'이란 말이 있듯,
혈연관계가 아닌데 식구라는 이름으로 얽혀 있다면
그에 상응하는 대가를 치러야 한다.
한없이 몸에 감겨오는 오지랖의 압박을
감내해야 한다든가 하는.

단련된 미각이
권력이 될 때

파리에서 석사논문을 쓰던 시절, 학교 수업이 일주일에 두 번으로 줄어들자 열심히 논문을 쓰는 대신 한 일 년, 시간을 쪼개어 여행사에서 아르바이트를 했다. 넉넉해진 시간적 여유 속에서 책 속에 파묻히기보다 꽉 찬 일정 사이 찾아낸 조각 시간의 집중과 긴장이 필요했다. 만원 버스 안에서 시달리며 외운 게 제일 잘 기억나고, 헝그리 정신 속에서 달려야 속도가 더 붙는 한국인 특유의 심리랄까.

사무실에 앉아 팩스로 들어오는 한국 단체 관광객들의 주문서를 받으면 그 여행객들의 스타일과 예산 규모에 맞는 호텔과 레스토랑을 예약하고, 그들이 특별한 방문지를 가고자 하는 경우 공문을 보내 방문을 조율하는 일이 내게 주어진 업무였다.

간혹, '간이 배 밖으로 나오신' 공무원 그룹들이 자신들의 출장보고서를 현지 여행사에게 써 줄 것을 요구하기도 했고, 어렵사리

공공기관 방문을 성사시켜 놓으면 사진만 날름 찍고 나오거나 절반은 골프 치러 도망가던 시의원 그룹, 대기업 그룹도 있었다. 여행사에 돈을 지불했으니 자신들이 필요한 모든 걸 다 얻을 수 있다고 믿고 제멋대로 만용을 부리는 사람들을 접하는 건, 아무도 안 본다고 믿고 치부를 내보이는 자들을 거울 뒤에서 바라보는 기분이었다.

그들의 만용을 메일로 접하거나 전화선을 타고 그들의 무례에 대해 유감을 표하는 프랑스 기관들의 목소리를 접했을 뿐, 직접 대면한 적은 없었다. 그들을 직접 맞이하는 것은 가이드들의 일이었기 때문이다. 오랜 경력의 가이드들은 오시는 분들의 이름만 쫙 훑어도 대략 그분들의 욕구와 성향을 파악할 줄 알았다. 이름이란 본인이 선택하는 것은 아니지만 그 사람이 자란 가정이 선택한 것이기에 20여 명쯤 되는 군상의 이름을 자판으로 두드리다 보면 나 역시 그룹의 색깔이 어렴풋이 머리에 들어오곤 했다. 실전에서 그들을 대면하며 한바탕 전투를 치러내는 가이드들 머릿속엔 더 정확한 데이터베이스가 쌓이는 게 당연했다.

전라도 쪽에서 오는 단체면, 각별히 식당을 신경 써야 한다고 가이드들이 언질을 준다. '전라도 손님＝각별히 좋은 식당'의 등식이 성립하게 되는 것은 그분들이 가진 미각의 지적이 정확하기 때문이다.

가이드 입장에선 여행객들 사이에서 불평의 소리가 나오는 것이 가장 피곤한 일이다. 한 번 수틀리기 시작하면 오만 가지가 다 삐딱하게 보이고 전체 분위기가 엉망이 된다. 많은 돈을 들여서 기대를 품고 해외 여행을 나서는 사람들은 작은 실망에도 푸대접 받았다는 느낌이 들 수 있다. 전라도에서 오신 분들은 '필연적으로' 발달한 미각을 가진 분들이다. 처음 먹어보는 음식일지라도 그분들은 제대로 맛을 낸 음식인지, 무성의하게 흉내만 낸 음식인지를 금방 알아챈다. 그들의 정확한 미각이 여행사의 각별한 신경을 저절로 유도하는 힘으로 작동하는 것이다.

경상도에서 나고 자란 친구가 대학에서 만난 전라도 여수의 친구 집에 부모님과 함께 방문한 얘기를 들려준 적이 있다. 난생 처음 전라도 땅에 발을 디딘 친구의 아버지가 아들의 친구 집에서 차려준 밥상을 받으시더니 '한 평생 완전 속고 살았다'는 표정을 지으시며 남은 음식을 혹시 '사가면'(경상도 발음으로 '싸가면'의 뜻) 안 되겠냐고 안주인께 염치없이 물었다는 일화다. 소백산맥이 갈라놓은 양쪽의 토양은 무엇이 그토록 다르기에 이토록 판이한 음식문화를 형성하는지 기이한 노릇이다.

공교롭게도 프랑스에서도 음식으로 소문난 고장 역시 남서쪽 (Sud-Ouest)이다. 아래쪽으로는 피레네 산맥을 끼고 온화한 기온의 스페인과 맞닿아 있고, 옆구리로는 대서양에 면해 있으며 무엇보다 포도주 생산지가 집결된 지방이다. 우리의 남도 요리들이 누려온 압도적인 평판이 산해진미에서 나오는 재료의 풍성함과 삭히고 저린 김치나 젓갈 등의 발효식품이 빚어내는 깊은 맛에 근거하고 있다면, 프랑스의 남서쪽 음식들이 누리는 평판 역시 발효식품인 포도주의 드넓은 스펙트럼이 제공하는 풍요에 근거하고 있다. 생태주의가 시대정신이 된 요즘, 대표적 동물학대 음식으로 지탄받고 있는 푸아그라(거위 간 요리) 역시 이 동네가 원조이기도 하다.

우리가 남도를 여행하며 벼락처럼 맞이한 잊을 수 없는 밥상에 대한 추억담들을 가지고 있는 것처럼, 프랑스 사람들은 남서 지방을 여행하면서 먹어도 먹어도 계속 나오는 엄청난 양이나, 포도주를 끼얹어 조려내는 풍미 그득한 요리들, 그 모든 것에 비해 턱없이 착한 가격까지 갖춘 식도락의 추억담을 늘어놓곤 한다.

미각은 실수가 없는 감각이고, 집단적으로 단련된 미각은 때로 보이지 않는 힘을 발휘하기도 한다.

전라도 여행객들에게는 식당뿐 아니라 호텔을 잡을 때도, 전체적인 시설의 수준보다는 아침 식사가 가장 정성스럽게 준비되는 호텔을 예약하는 것이 우선된다. 아침 식사를 꼼꼼하게 준비하는 호텔이라면 다른 부분에 대해서도 비슷한 수준의 정성을 기대할 수 있다. 그러나 2~3일 묵어가는 호텔에 그 내실보다 '삐까삔적'한 허우대에서 더 큰 만족감을 얻는 사람들이 많다. 일단 호텔 규모가 커야 하고, 익숙한 이름의 호텔 체인에 묵어야 대접받는다는 느낌을 갖는 그런 사람들. 이런 분들을 만족시키는 건 의외로 단순한 일이다. 덩치 큰 호텔을 잡아드리면 끝나니까.

이 때의 경험이 내게 여행 중 숙소 고르는 안목을 갖게 해줬다. 아침 식사를 주는 곳, 그 중에서도 아침 식사에 드러난 정성에 대한 칭찬이 넘쳐나는 곳을 고르면, 나머지 서비스에 대해서도 대체로 안심할 수 있다. 내 집에 와서 머물 손님들의 아침 식사를 살뜰히 챙기는 마음과 먹든지 말든지 알아서 하시라는 주인의 마음자세는 하늘과 땅인 것이다.

내 집에 와서 머물 손님들의 아침 식사를

살뜰히 챙기는 마음과

먹든지 말든지 알아서 하시라는 주인의 마음자세는

하늘과 땅인 것이다.

◆

자폐, 일베,
글리포세이트

자폐증은 미국에서 점점 더 흔히 발견할 수 있는 질병으로, 이 질병을 앓는 아이들의 수는 1960~1970년대에 5만 명당 1명에서 2014년엔 50명당 1명으로 늘었다. 학자들의 예측에 따르면 지금의 속도가 지속될 경우, 이 수치는 2050년에는 12명당 1명에 이를 것이라고 한다.

지난 1년 동안 몸살을 하며 — 머리에 김이 폴폴 올라오게 만드는 어려운 전문용어들이 난무할 뿐 아니라 그 내용들이 인류 자체에 대해, 특히 이 세상을 이끌어 간다는 소위 정치 지도자들에 대해 온통 절망하게 만드는 내용이었기에 — 번역했던 프랑스의 저널리스트, 마리-모니크 로뱅의 저서 《에코 사이드》(시대의창, 2020) 중에서 가장 몸이 후들거렸던 대목이다.

자폐증이라고 하면, 우린 흔히 영화 〈레인맨〉에서 더스틴 호프만이나 〈말아톤〉에서의 조승우를 떠올리게 되고, 영화에 나오는 주인공과 같은 인물들을 일상에서 만나는 일은 흔치 않기에 자폐증이 지극히 희귀한 병이라고 생각하기 쉽다.

그러나 이 책에서 접한 숫자는 내가 알고 있던 상식과 전혀 다른 일이 우리가 사는 세상에서 벌어지고 있음을 알려 주었다. 물론, 과거에 비해 의학적으로 밝혀진 자폐의 스펙트럼이 넓어지고 — 비전형자폐증, 아스퍼거증후군, 레트증후군, 붕괴성장애 등 — 자폐를 진단할 수 있는 의료 시설도 확대되었기 때문에 파악되는 숫자가 증가된 측면도 없지 않다. 그러나 1990년대 후반, 자폐증 환자의 숫자가 기하급수적으로 증가했고 이후로도 급격한 증가 추세가 지속되어 온 것엔 분명 심각한 다른 원인이 있다고 이 책의 저자는 추정한다.

2016년 마리-모니크 로뱅이 시카고에서 열린 자폐증 관련 세미나에서 만난 '미국을 횡단하는 엄마들' 협회 회원들의 생각도 그녀와 같았다. 이 협회는 생태계를 오염시키는 화학물질들이 유발하는 모든 피해에 대해 미국에 있는 엄마들의 관심을 일깨우기 위해 2013년 설립된 미국 엄마들의 조직이다. 이 단체의 성원들은 식품으로 인해 발생하는 문제의 주범으로 유전자조작 식품과 글리포세이트를 지목하고 있다.

협회 설립자 젠 허니컷은 둘째 아들이 여덟 살 무렵 자폐 진단을 받게 된 후, 그 원인을 추적했다. 둘째 아들은 세 아들 중 유일하게 시리얼을 아침 식사로 먹는 아이였다. 젠 허니컷은 시리얼에 들어 있는 곡물들이 글리포세이트라는 제초제에 적셔져 키워진다는 사실을 알게 되었다. 유기농산물로 식탁을 완전히 채우자 아들의 병은 사라졌다.

그때부터 젠 허니컷은 이런 위험 물질을 판매하는 농화학 업계와 그 위험을 알고도 판매를 허락하는 정부가 손잡고 벌이고 있는 이 반인륜범죄를 미국의 모든 엄마들에게 알려야겠다고 생각하면서 협회 설립을 주도했다. 그러고는 곧, 너무나 많은 미국의 엄마들이 자신이 겪었던 것과 같은 고통을 겪고 있었단 사실을 알게 되었다.

젠 허니컷이 말하는 아들의 자폐 증상은 이런 것들이었다.

"갑자기 아무 것도 아닌 일에 불같이 화를 내거나 학교에서 아무것도 하지 않으려고 했어요."

현대의학은 자폐의 원인을 아직 명확히 규명하지 않고 다수의 선천적 요인과 일부 환경적 요인에 근거한다는 식으로 얘기하고 있다. 그런데 아침에 시리얼을 먹는 지극히 평범한 식습관이 자폐를 유발할 수 있고, 식생활을 전환하자 병이 사라졌다는 증언은 정신을 번쩍 들게 하는 말이 아닐 수 없다.

자폐, 일베, 글리포세이트

세상의 얼마나 많은 가정에서 여덟 살짜리 아들이 별것도 아닌 일에 화를 버럭 내고, 공부에 집중하지 않는 대신 게임에 몰입하는가? 그들의 부모 중 몇 명이나 아이의 그런 행동이 그 아이가 일상적으로 먹고 있는 음식을 통해 유발된 것이라고 판단하며 특단의 조치를 취하겠는가?

자폐의 증상과 단계는 천차만별이고, 그 원인도 다양하며 따라서 치료 방법도 여러 가지일 것이다. 그러나 글리포세이트가 그 핵심적인 원인을 제공하고 있다는 사실은 여러 가지 연구에 의해 입증되고 있다. 그렇다면 글리포세이트를 피해갈 수 있도록 식생활을 획기적으로 개선하는 것만으로도 상황을 호전시킬 수 있다는 결론이 가능하다. 문제는 정부가 이 사실을 잘 알고 있으면서도 글리포세이트 사용을 중단하지도, 그 사악한 화학물질과 갑자기 늘어난 질병들 간의 상관관계를 천명하지도 않는다는 사실이다. 그들에게 가장 중요한 가치는 기업의 이윤이므로.

특별한 정보 없이 대형마트에 늘어서 있는 식품들 가운데 하나를 집어서 쇼핑 카트에 넣으면 바로 그것이 글리포세이트에 적셔진 유전자조작 식품일 가능성이 아주 높도록 세팅된 세상에서 우린 살고 있다. 한국이든, 미국이든. 일명, '죽음을 생산하는 기업' 몬산토가 초강력 제초제 글리포세이트에 저항하는 유전자조

세상의 얼마나 많은 가정에서

여덟 살짜리 아들이 별 것도 아닌 일에 화를 버럭 내고,

공부에 집중하지 않는 대신 게임에 몰입하는가?

그들의 부모 중 몇 명이나 아이의 그런 행동이

그 아이가 일상적으로 먹고 있는 음식을 통해

유발된 것이라 판단하며

특단의 조치를 취하겠는가?

작 곡물을 출시한 이후 전 세계 곡물 시장, 사료 시장은 바로 글리포세이트에 적셔진 유전자조작 곡물들로 장악되었기 때문이다.

미국에서 전개되고 있는 이 무시무시한 사태를 접하고 나서 한국에서의 자폐증 통계를 찾아보았다. 우리나라 어린이는 38명 중 1명이 자폐증 성향을 갖고 있다는 연구결과가 지난 2011년 5월 초 '미국정신의학저널'에 소개된 바 있었다. 우리나라를 비롯해 미국, 캐나다 연구진 등이 참여한 국제 공동 연구팀이 경기도 고양시 일산에 사는 7~12세 초등학생 5만 5000명의 아동을 일일이 면담한 결과, 그 중 2.63%가 자폐증 성향을 갖고 있는 것으로 밝혀진 것이다. 미국의 수치를 압도하는 결과다. 2016년, 인재근 의원실이 발표한 또 다른 조사 결과에 따르면, 우리나라의 자폐환자는 2011년부터 2015년까지 1.5배 증가했고, 이중 남성 환자는 여성 환자에 비해 5.5배나 많았다. 일반적 남성이 여성보다 4배 정도 많은 것으로 나타나는 세계 통계보다도 훨씬 높은 비율로 우리나라에서는 남성의 자폐 증상이 높게 파악된다. 그리고 이 통계에 잡힌 자폐환자의 95.7%는 30대 미만으로 나타났다.

이 조사 결과를 읽고 가장 먼저 머리에 떠올랐던 장면은 단식 중인 세월호 유족들 앞에서 햄버거를 먹으며 조롱하던 일베 회원들이었다. 왜 대한민국에 패륜적 행동을 경쟁적으로 자행하는 청소년, 혹은 청년들이 집단적으로 세력을 형성하며 존재하는 것일까. 그 원인은 어디에 있을까. 늘 머리 한쪽으로 '충(벌레)'이라 지칭되는 그들이 계속 재생산되고 있는 이유를 찾고 있었다.

그들이 극악을 떨며 살게 된 것은 어떤 방식으로든 사회가 끊임없이 그들에게 투입한 일정한 독의 결과물일 것이다. 배움은 없고 서로를 밟는 경쟁만 있는 입시제도, 갑질 천국, 부동산 천국, 알바 착취의 세상 자체가 그들을 절망으로 모는 독이라고 볼 수 있다. 그러나 이 같은 사회적 요인뿐일까? 정크 푸드 흡입의 결과물일 수 있는 체내에 과잉 축적된 글리포세이트가 그들에게 실질적인 독이 되어 난폭하고 반사회적이며, 반인류 상태적인 인물들을 양산하고 있는 것은 아닐까. 이런 공중보건학적 가정도 성립할 수 있지 않을까.

자폐보다 한 단계 낮은 질환으로 분류되는 주의력결핍과잉행동장애(ADHD)도 음식물을 통한 농약 섭취가 그 원인 중 하나로 보고된다. 현재 ADHD로 진단 받은 아이가 지속적으로 오염된 음식물을 먹을 경우, 아이의 체내에 축적되어 가는 글리포세이트는 한 단계 높은 수준의 질병을 초래할 수 있고, 반대로 지금이라도 건강한 식생활로 전환하면 평화롭고 안정적인 정서를 되찾을 수 있는 것이다.

우리는 우리가 먹는 것으로 구성된다는 사실, 육체와 정신은 하나로 연결되어 있다는 사실은 누구도 부인할 수 없는 진리이기에.

자폐, 일베, 글리포세이트

◆
마녀사냥이 함께
매장한 것들

우리 집에 와서 식사하는 프랑스 친구들은 종종 내가 음식을 내놓으면서 덧붙여 하는 말들에 가벼운 놀라움을 표시한다. "고사리는 섬유질이 많고 칼륨도 풍부한 음식이야." "비트엔 철분이 많이들어 있고, 피도 맑게 해줘." "브로콜리는 항암 음식이야." 살다 보면 머리에 차곡차곡 쌓이게 되는 흔한 영양 상식들을, 아이가 듣고 좀 고루 먹었으면 하는 바람에서 입버릇처럼 말한다. 내 엄마나 이모들이 그러셨듯이.

프랑스 친구들이 나의 이런 멘트를 재밌어하는 건, 여기선 이런 식으로 식품이 가지고 있는 영양을 밥상머리에 앉아 일일이 환기하는 사람이 드물기 때문이다. 온 국민이 식도락의 즐거움으로 사는 듯한 나라에서 음식에 요구하는 미덕은 마치 '맛과 멋'에만 집중되어 있는 것처럼. 나름 장수하는 국가 중 하나로 꼽히는 걸 보면, 지금 이대로 먹고 살아도 별지장 없어 보이긴 한다. 살충제 품, 제초제, 식품 첨가물들의 위험들이 알려지면서 유기농식품에 대한 선호도가 급격히 높아지고는 있지만, 식품 자체가 지니는 약용 효과들에 대해서 일반인들이 줄줄이 읊어대는 관습은 없다.

의사들의 태도에서도 비슷한 경향을 목격한다. 한국에서는 이러저러한 치료 끝에 의사들이 어떤 음식들을 챙겨 먹으면 회복에 도움이 된다는 얘기를 흔히 곁들이건만, 프랑스 의사들은 그런 얘기를 해주는 법이 없다. 특정한 약을 먹는 동안 피해야 할 음식을 알려주는 경우가 종종 있고, 장기적인 식품 조절이 필요한 당뇨병 환자나 다이어트가 절실한 사람들이 전문 영양사(diététicien)를 찾아가는 경우가 있을 뿐이다.

이런 습관의 차이가 극명하게 대조되던 순간은 출산을 했을 때였다. 18시간의 산고 끝에 아이를 출산한 직후, 난 빈혈로 의식을 잃었다. 간신히 의식을 회복한 내게 산부인과 전문 병원 측이 내온 아침 식사는 커피 한 잔과, 비스킷, 과일 잼, 버터, 요구르트 하나. 입에서 비명이 절로 나왔다.

'하루 종일 먹지도 못했는데 어떻게 이걸 먹고 나더러 모유를 만들어 내라는 거야! 걸쭉한 미역국은 못 내올 망정, 이 나라에도 나름 산후에 먹으면 좋을 법한 음식이라고 통하는 게 있을 거 아닌가?'

아니. 없었다. 이들은 평소와 똑같은 방식으로 출산 직후의 산모들도 먹었다. 그날 이후, 병원에서 오직 나 혼자, 친구를 통해 한 솥 가득 끓여온 미역국을 조리실 냉장고에 넣어두고 한 대접씩 점심 식사 시간에 간호사에게 데워 달라 부탁해 먹었다. 이 좋은 냄새를 풍기는 음식이 뭐냐고 묻는 간호사들에게 난, 꼼꼼히 설명해 준다. "요오드와 칼슘이 풍부해서 산후에 먹으면 좋은 미역"이라고. 아예 미역이나 김 같은 해조류 자체를 안 먹는 나라니, '그래, 어서 많이 먹어.'라고 말하는 듯한 친절한 미소로 그들은 답할 뿐이다.

아이 아빠가 사다리에서 떨어져 척추가 부러졌을 땐 사골국을 한 달 내내 끓이고, 식구들이 감기에 걸리면 생강차를 폭폭 끓여 레몬과 꿀을 타서 침대 위로 갖다 나르고, 눈이 침침하다 싶으면 결명자 차를 끓여 장복한다. 우리나라 많은 가정에서 그러하듯이.

조선 시대 수라간 궁녀이던 장금이가 몸과 마음을 기울여 건강하고도 맛난 요리를 궁리하던 끝에 의녀가 되었던 것처럼 음식을 하다 보면, 그것이 사람 속에 들어가 병도 일으키고 약이 되기도 하는 원리를 누구든 보지 않을 수밖에 없을 터이니 이러한 식약동원(食藥同源: 먹거리와 약은 그 뿌리가 같다)의 이치는 만국 공통의 것일 수밖에 없다고 생각했던 것은 나의 착각이었다.

그렇다면 이것은 위대한 한민족의 전통이란 말이더냐? '국뽕'에 잠시 도취될 뻔하였으나 전통적 장수국가인 일본도 장수의 비결을 식생활 조절을 통해 찾고, 민간의학이 높은 수준으로 발달해 있는 것을 귀동냥으로 일찍이 들어온 터라, 그런 주장은 불가능하다. 더구나 북미 인디언들에 대한 이야기를 거듭 읽다 보니, 18세기 유럽인들에 의해 그들 삶의 터전이 위협당하기 전까지 그들은 자연과 밀착된 삶 속에서 자연이 전하는 지혜를 가까이 주고받으며 음식을 통한 고도의 치유 방법을 터득해 왔다는 걸 알게 되었다. 그렇다면 이건 서구가 가진 결핍이다.

정상적인 음식문화 속에서라면 발달할 수밖에 없는 식약동원의 상식이 서유럽 쪽에서는 상대적으로 빈약한 현실을 목격하면서 불현듯 이 부자연스런 현실의 원인으로 서구사회에 잔인한 흔적을 남겼던 한 가지 치명적인 비극을 떠올려보게 되었다. 중세 말부터 르네상스에 이르기까지 대략 200년에 걸쳐 수만 명의 여성을 마녀라는 이름으로 화형에 처했던 성 학살이 그것이다.

마녀재판은 1430년부터 시작되어 1560~1630년에 집중적으로 진행되었던 교회에 의한 여성 학살이다. 기록에 따르면 이 시기 11만 건의 마녀재판이 이뤄졌고, 그 중 절반은 사형에 처해졌다. 사형에 이르지 않았어도 사적으로 혹은 공동체에 의한 집단 린치를 통해서 목숨을 잃거나, 추방당하는 경우도 부지기수였다. 마녀로 지목당한 여성들의 대다수는 자식이 없는 여자이거나, 음식에 대하여 전수받은 지식을 통해 사람을 치유하거나, 아이를 낳는 것을 돕는 산파들이었다. 마을의 산파들은 공동체의 가장 중요한 과업 중 하나인 출산을 돕는 역할을 행했으며, 그들 대부분은 긴급 상황에 산모나 아이를 위해 대처할 수 있는 응급 처방은 물론, 마을 사람들을 고칠 수 있는 민간 요법들을 가지고 있었다.

당시 지식 체계와 과학에 대한 기초를 세우고자 했던 신학자들은 자신들이 독점하고자 하는, '과학적' 지식 이외의 것을 용납하지도 인정하지도 않았다. 그들에게 민간에서 전해져 오는 모든 의학적, 약학적 지식들과 산파들이 구사하는 인술은 '마술'로 여겨졌다. 신이 지배하는 세상에서 마술은 신성하지 않은 것으로 여겨졌고 미신은 종교와 대척점에 있었으니, 이와 관련한 여성들은 사탄의 조정을 받는 '마녀'가 될 수밖에 없었던 것이다. 그렇게 치유의 능력을 가진 여자들과 함께, 그들이 보존해오던 전 세대로부터 전해진 음식에 대한 지식들마저 사라져 버리게 되었고, 비슷한 종류의 지식과 지혜를 축적하려는 모든 시도들 또한, 이후 강력한 사회적 저항에 부딪힌다.

파리 시내 곳곳에 있는 고서적과 골동품을 파는 곳에 가보면, 그들이 소장하고 있는 수세기 전 필사본 책들의 다수는 바로 의학적, 약학적 지식을 상세한 그림들과 함께 기록해 놓은 책들이다. 골동품점을 채우고 있는 오브제들의 상당수도, 이러한 약재들을 다루는 도구들이다. 누군가의 벽장 속에서 꽁꽁 감춰져 있다가 비로소 세상 빛을 보게 된 그러한 고서적들을 통해 그 어떤 상황 속에서도 인간은 건강을 추구하려는 노력들을 멈추지 않아 왔음을 볼 수 있으며, 유독 그런 종류의 책들이 골동품상을 자주 채우고 있는 것은 감추어야 했던 시간에 대한 흔적을 느끼게도 해준다.

여성 학살의 만행이 벌어지고 나서 4세기 후인 2003년 3월, 교황청은 요한 바오로 2세의 지시에 따라 〈기억과 화해: 교회와 과거의 잘못들〉이라는 문건을 발표하며 과거 교회가 하느님의 뜻을 핑계 삼아 인류에게 저질러온 여러 가지 잘못들을 최초로 공식 인정했는데, 이때 마녀사냥을 통해 여성들을 학살한 잘못에 대해서도 가톨릭의 이름으로 사죄를 구한 바 있다.

각별한 지혜와 지식, 경험을 가진 여성들을 마녀사냥으로 몰살시킨 것과 마찬가지 방식으로, 서구의 남성들은 하느님의 뜻을 내세워 자연을 파괴하였고, 뒤이어 다른 종족들도 정복해나간 것은 아니었을까 의심해본다. 민간에 퍼져 있던 지식을 말살하면서 인간 사회의 핵심적 지식을 독점하고, 그 지식을 기반으로 더 큰 권력을 점하는 것을 그들은 반복해갔다. 그들의 정복에 대한 욕망을 정당화시켜 준, 하느님의 첫 번째 언명은 바로 창세기에 수록된 "생육하고 번성하라, 정복하라, 다스리라."

신의 목소리만이 법이 되는 중세 시대에 접어들면서 인간은 자연과 조화를 이루는 삶을 거부하고 자연으로부터 점점 절연되는 삶, 그들과 소통하고 공생하는 삶이 아니라, 지배하고 정복하며 착취하는 삶을 살게 된다. 하느님께 기도할 수 없는 존재인 동물들에게는 영혼이 없으니 그들을 갈취하는 것은 신의 명령을 따르는 것이며, 신을 믿지 않는 이민족들을 정복하는 것 또한 마찬가지 행위로 간주되었다.

역사학자 유발 하라리는 《호모데우스》(김영사, 2017)에서 이렇게 진술한다.

인류학과 고고학의 증거에 따르면 원시 시대 수렵 채집인들은 애니미즘을 믿었던 것 같다. 즉 그들은 인간과 여타 동물들을 나누는 본질적 간극이 있다고 생각하지 않았다. 세계는 그곳에 사는 모든 동물의 것이고, 모두가 공동의 규칙을 따라야 했다. 그러기 위해서는 관련된 당사자들 사이에 끊임없는 협상이 필요했다. 사람들은 동물, 나무, 돌뿐 아니라 요정, 악마, 유령과도 대화했다. 이런 소통의 그물망에서 인간, 코끼리, 떡갈나무, 유령에게 똑같이 적용되는 가치와 규범들이 생겨났다. (중략) 성경이 애니미즘을 거부한다는 사실, 그리고 성경에서 애니미즘과 관련한 이야기는 맨 앞에서 끔찍한 경고로 딱 한 번 등장한다는 사실은 그리 놀랍지 않다. 성경은

기적과 놀랍고 경이로운 일들로 채워진 두꺼운 책이다. 그 안에서 동물이 인간과 대화를 시도하는 장면은 신이 금지한 선악과를 먹으라고 뱀이 이브를 유혹할 때뿐이다.

"생육하고 번성하라, 정복하라, 다스리라."라는 성경 구절은 오늘날 지구상에 남아 있는 대형 동물의 90%가 인간의 철저한 지배하에 놓여 인간의 쓸모를 위해 착취당하는 가축으로 전락한 사실의 직접적인 출발점이었던 셈이다.

기억과 지식을 뿌리째 뽑고 매장한 200년의 세월이 지나간 후, 유럽에서 자연치유법(naturopathie)이라는 이름으로 음식을 통한 치유가 고개를 들기 시작한 것은 2차 세계대전 이후다. 전쟁에서 가장 심하게 망가졌던 나라 독일과 자연치유의 전통이 완전히 소거되지 않았던 스위스가 그 첫 주자였고, 프랑스에서는 1970년대 이후 서서히 고개를 들기 시작했다. 그러나 자연치유법이 일반인의 상식으로 확산하기보다는 전문 교육을 통해 자연치유사(naturopathe)라는 전문 인력들이 생겨나고, 자신의 건강상의 문제를 음식을 통해서 치유받길 원하는 소수의 사람들이 그들을 찾는다.

여전히 제도권 의사들, 약사들과 의료보험 관리공단에서는 치

마녀사냥이 함께 매장한 것들

유사들을 국가가 인정하고 보상해주는 의미 있는 진료 행위의 주체로 인정하지 않으려는 경향이 강하며, 보완적이고 부가적인 치유의 한 방법으로 간주되는 정도다. 여전히 가짜 의학이라는 식의 의구심이 그들에게 던져지는 것도 사실이다. 약국에서도 자연성분으로만 제조한 약들과 화학약품들이 경쟁을 벌이지만 대부분의 자연성분 약들은 여전히 의료보험에서 보상되지 않는 등, 오늘날에도 여전히 일종의 박해를 감내하고 있다.

기독교 근본주의 시절이랄 수 있는 중세도, 이후로도 지속되어온 유일신의 독단적 지배하에 놓인 세월도 없었던 탓에, 우리에게는 굽이굽이 세대를 넘어서 수천 년 이어져온 식약동원의 귀한 전통이 있다. 그것을 어렵고 세련된 어휘로 포장한 것이 '나튀로파튀Naturopathie'인데 21세기 들어 대체의학과 자연치유는 유럽에서 급성장세를 보이고 있는 영역이다. 비용이 더 들어도, 건강보험으로 보장되지 않아도, 전통적인 서양 의학과 제약보다 자연에서 찾는 해법으로 건강을 다스리겠다는 사람들의 수가 급격히 늘어났다. 유기농업, 자연치유, 친환경 주거…… 이 모든 것들은 바로 그들이 파괴하기 전 평화롭고 지혜롭게 자연과 함께 살아가던 모든 사람들이 가지고 있던 것들이었다.

먼 길 돌아 이제야 허겁지겁 따라오는 사람들이 보인다.

기독교 근본주의 시절이랄 수 있는 중세도,

이후로도 지속되어온

유일신의 독단적 지배하에 놓인 세월도 없었던 탓에,

우리에게는 굽이굽이 세대를 넘어서 수천 년 이어져온

식약동원(食藥同源)의 귀한 전통이 있다.

여와 남이 함께
오래 살고 싶다면

살면서 주워들은 정보들이 통계를 통해 하나의 맥락을 형성하는 걸 발견할 때, 파편적인 얇은 체계를 가진 지식의 골격을 갖게 된다. 그 골격들이 여러 개 생겨나면 하나의 구조물을 이루고, 그러다 보면 세상을 관찰하는 나의 구조적 틀이 생겨난다.

숫자보다는 문자를 통해 세상을 파악하는 데 익숙하지만 예외적으로 통계하고는 친했다. 내가 주워 모은 지식들이 쌓여 하나의 가설이 만들어지려 할 때, 난 종종 그와 관련한 통계들을 살핀다. 과거를 분석하고 미래를 설계하는 데 이용되는 다양한 통계들은 그것이 갖는 결정적 증거 능력으로 인해 왜곡과 조작의 대상이 되기도 하지만, 여러 가지 통계들을 마주 대놓고 비교하다 보면 진실은 행간을 통해 드러난다.

통계마니아가 세상을 이해하는 데 가장 흥미로운 통계 중 하나는 탄생과 죽음을 말하는 통계다. 출산율과 사망률, 인구증가율, 평균 수명 같은 것들. 그 중에서도 기대수명은 한 사회가 가진 제도와 문화, 식습관, 사고방식, 사회적 안정성 등이 종합적으로 빚어낸 수치다. 어떤 내용의 삶이든, 굽이굽이 고개 넘으며 긴 세월을 건강하게 살아낼 수 있다면, 그 자체로 한 생명체는 축복을 누리는 셈이다. 세상의 어떤 나라 사람들이 어떤 비결로 천수를 누리며 사는지를 들여다보는 것은 각 사회가 쌓아온 삶의 지혜를 들여다보는 것이기도 하다.

일본은 80년대 중반부터 지금까지 꾸준히 세계 1, 2위를 다투는 장수국가다. 1984년에 처음으로 일본 여성들이 기대수명 80세를 넘어섰고, 일본 남성들은 2013년에 그 문턱을 넘었다. 2017년 일본인의 평균 수명은 84.1세 ─ 여성 87.3세, 남성 81.1세 ─ 로 최고치다. 생선과 해산물 위주의 식사, 광범위하게 퍼진 녹차 문화, 약초를 장복하는 습관과 노인 복지에 대한 체계적 정부의 지원이 이들의 장수를 뒷받침해 주는 요인으로 지목된다. 세계적으로 일본 음식이 '뭔가 있는' 음식인 듯 대접 받는 이유엔 바로 그 음식을 먹은 인류가 세상에서 제일 오래 사는 민족이라는 명백한 사실이 분명 작동할 것이다.

인구 730만의 도시 국가 홍콩 또한, 일본 못지않은 세계 제1의 장수 도시다. 2017년 통계에 따르면 평균 수명이 84.65세로 일본보다 0.5 높다. 인구밀도는 높고 공기도 안 좋은 대도시인데도 세계 최고 수준의 장수 도시의 명성을 유지할 수 있었던 비결은 역시 식생활에 있다. '의식동원(醫食同源)' 즉, 몸에 좋은 음식을 의식적으로 찾아 먹는 생활습관이 식사로 병을 예방하는 결과를 가져왔다. 홍콩 사람들이 매일 아침에 먹는 한약재를 넣어 끓여 먹는 '리탕'이 바로 이들의 대표적 보양식이다.

그 외에도 한약재를 음용하는 습관이 식생활에 깊이 배어 있다. 항구 도시이니 만큼 일본처럼 해산물을 즐겨 먹는 습관도 이들의 장수를 돕는 비결 중 하나다. 무엇보다 아침에 눈을 뜨면 집 주변 공원으로 나가 태극권 등의 운동을 하는 습관, 일본처럼 차를 즐겨 마시는 문화, 높은 의료 수준, 노인 복지에 대한 정부의 넉넉한 지원 등이 홍콩이라는 도시의 상대적으로 열악한 주거 생활 환경에도 이들의 건강한 노년을 유지시켜 준다.

스위스 사람들은 유럽에서 제일 오래 사는 이들로 꼽힌다. 건강에 안 좋은 습관 ─ 음주와 흡연 ─ 들을 절제할 줄 아는 실용적 삶의 태도, 보행친화적인 도시 구조와 차량 타기보다 걷기를 좋아하는 사람들, 그리고 일에 대한 느긋한 태도 ─ 7% 만이 죽어라 일한다고 한다. 대부분 사람들의 일에 대한 태도는 비장하지 않다 ─ 등이 스위스인들이 오래 사는 비결로 꼽힌다. 일요일 대부분의 상가는 문을 닫아 모두 같이 쉴 수 있는 시간이 만들어지기도 한다.

노화 예방에 탁월한 효과가 있다고 알려진 다크 초콜릿을 많이 소비하는 나라로도 스위스는 꼽힌다. 국민건강의 공식적인 비결로 꼽히진 않지만, 직접 민주주의를 실시하는 나라로써 국민들이 거시적 차원에서의 세상살이에 대해서도 일일이 고민하고, 10만 명 이상이 주민 발의를 하면 법안을 제정하거나 개정할 수 있어 세상사를 직접 제 손으로 판단해가는 이들의 민주주의 시스템도, 또한 스위스인들을 더욱 건강하게 만드는 요인이 아닐까 추측해본다.

우리나라도 세계 장수국으로 열 손가락 안에 꼽히는 나라다. 평균 수명에 대한 통계는 그 소스가 다양하여 조금씩 다른 순위를 보여주지만 그 어떤 통계로 보더라도 우리의 평균 수명은 상위권에 속한다. 2019년 4월 세계보건기구(WHO)가 발표한 바에 따르면, 우리나라의 기대수명은 세계 183개국 중 9번째에 해당한다. 특히 여성들은 85.6세로 일본, 스페인, 프랑스에 이어 4번째로 기대수명이 높다. 반면 한국 남성들은 79.5세로 19위에 머물렀다.

장수국가들 중에서 남녀 간 기대수명의 차이가 4년 정도에 그치는 것에 비하면, 우리나라의 남녀 간 기대수명은 6.1세로 좀 너 편차를 보인다. 평균 수명이 높은 나라 상위 20개국 가운데 한국은 6.2세의 차이를 보인 일본과 함께 남녀 간의 수명 차이가 가장 크게 나타나는 나라다. 이 두 나라는 각별히 성평등 지수가 낮은 나라라는 사실을 주목할 필요가 있다. 세계 경제 포럼이 2019년에 발표한 자료, '국가별 성평등 지수'에서 일본은 전체 153개국에서 122위, 한국은 108위로 하위권에 머물렀다.

반면, 세계적으로 성평등 지수가 가장 높은 나라 1위국 아이슬란드의 경우, 여성의 기대수명은 84.1세, 남성은 82.2세로 남녀 간에 1.9세 밖에 차이가 나지 않고, 2위국 노르웨이 역시, 여성 83.7세, 남성 79.8세로 2.9세 밖에 차이가 나지 않는다. 성차별이 또렷한 나라, 즉 남성의 여성에 대한 억압이 심한 나라에서 그 차별의 수혜층이랄 수 있는 남성의 수명은 여성의 기대수명에 훨씬 미치지 못하고, 다른 조건이 같다면 남녀 간의 차별이 최소화될 때 남성의 수명은 여성의 수명 못지않게 늘어난다는 사실을 알 수 있다.

사회학자 리차드 윌킨슨은 저서 《평등해야 건강하다》(후마니타스, 2008)에서 "여성의 지위가 높은 사회에서는 남성들이 지배의 위치를 차지하기 위해 경쟁할 때 감수해야 하는 비용, 특히 남성의 건강에 미치는 영향도 줄어든다."면서 평등이 남녀가 나란히 오래 살 수 있는 조건을 제공함을 지적했다. 즉, 여성들은 세계 4위 수준의 장수를 누리는데, 남자들은 19위로 아직 기대수명 80세의 문턱도 넘어오지 못했다면 우리사회에서 남녀 간의 불평등이 아직 심각한 수준임을 자각하고 불평등 해소를 위해 노력해야 할 일인 것이다.

100세 이상을 사는 노인들에 대한 연구를 해온 전남대 박상철 연구석좌교수에 따르면, "장수하는 여성의 비율이 높은 제주도의 경우 2000년 초기에 조사한 백세인 37명 가운데 남성 백세인이 단 한 명에 불과했다. 당시 백세인 남녀비의 세계적 평균은 1:7~8 정도"였다고 한다. 제주도 여성들은 청년, 장년, 노년의 구분 없이 모두 부지런히 몸을 움직여 일하는 분들로 유명하다. 나이 들어가는 남성들이 권위에 눌러앉아 여성을 부릴 때, 여성들은 열심히 몸을 움직이며 자신들의 건강을 키웠던 셈이다. 남성과 여성이 서로의 노동을 나누고 책임을 나눠질 때, 남성과 여성 모두가 건강한 삶을 누릴 수 있다는 결론이다.

우리나라의 기대수명에서 특기할 만한 또 한 가지는 1950년에서 2015년 사이에 47.9세에서 81.3세로 무려 33.4년이나 증가했다는 점이다. 같은 기간, 기대수명 세계 평균치가 24년 증가한 것에 비하면 월등한 성장인 셈이다. 한강의 기적이 이뤄지는 동안, 한국의 경제성장이 수직상승한 것과 같이 우리의 기대수명도 함께 가파른 능선을 그리며 타고 올라왔다. 2003년부터 줄곧 OECD 자살률 1위를 지켜온 나라이고, 산업재해 사망률에서도 역시 부동의 1위를 차지하면서 고달픈 자본주의 사회에 최고치로 부대끼

여와 남이 함께 오래 살고 싶다면

며 살아왔는데도, 꾸준히 평균 수명을 높여가며 한 계단씩 올라온 비결은 뭘까?

BBC는 한국의 발달한 발효식품이 콜레스테롤을 낮추고 면역을 강화한다는 점을 그 한 가지 이유로 들었다. 과거에 비하면 채소 섭취량이 줄어든 편이지만, 채소 섭취율 면에서 OECD 국가들 중 1위를 차지한 점도 적절한 이유를 제공해 준다. 거기에 1989년 확대된 전국민 의료보험제도와 2000년에 지금의 형태를 갖춘 국민건강보험제도가 실시되면서 체계적인 공중보건 시스템을 마련한 것이 우리나라의 높은 평균 수명에 대한 설득력 있는 이유가 될 수 있겠다.

장수국가의 상위권에서 만나게 되는 뜻밖의 나라가 '스페인'이다. 전형적인 복지국가 리스트에서도 마주친 적 없고, 각별히 건강에 신경 쓸 것 같은 인상을 주지도 않는 스페인은 2040년이 되면 일본을 제치고 세계 1위의 기대수명을 가지게 될 국가로 꼽히며, 지금도 유럽에서 스위스 다음의 장수 국가로 꼽힌다. 흡연율도 높고 노동시간도 제법 많지만 나름 근사한 삶의 방식이 스페인 사회를 건강하게 해주는 비결이다. 산책과 낮잠, 그리고 성생활.

그들은 무엇보다 걷기를 즐긴다. 헬스클럽에 가입된 사람의 수는 영국의 절반에 불과하지만 주 4일 이상 10분 넘게 걷는 사람의 비율이 76%다. 스위스 사람들과 마찬가지로 가까운 거리는 걷는

게 이들의 습관이다. 또한 올리브와 토마토, 견과류, 해산물이 풍부한 지중해식 식사를 섭취하며 가공식품에 대한 선호도가 낮고, 점심 식사 후 20~30분씩의 낮잠 문화도 가지고 있다. 특히 성생활의 빈도가 높은 편 — 스페인 여성의 성관계 횟수는 주 2.1회다 — 이고, 기쁨이 흘러나오는 언어 습관, 웃음, 사랑, 행복 등 긍정적이고 낙관적인 어휘를 가장 많이 구사하는 것도 이들의 삶을 연장시켜 주는 요소로 지목되었다.

이처럼 기대수명이 높은 나라들은 다들 저마다의 특별한 비결을 가지고 있다. 흡연이나 음주 같은 권장되지 않는 습관을 가지고 있고, 천혜의 풍성한 자연환경이 아니라 공해가 가득한 대도시에 살지라도, 인간의 몸과 마음은 즐거움을 증폭시킬 방법을 찾아내어 삶을 최대한 즐기고자 한다. 그 바탕에 건강한 식생활과 의학적 진보, 그리고 모두가 보편적 의료서비스를 받을 수 있게 해주는 보건 복지가 전제해 있다는 점은 공통요소일 것이다. 1900년대 인류의 평균 수명은 어디나 할 것 없이 50세에 미치지 못했으나 2017년 인류의 평균 수명은 72세까지 이르렀으니 이는 보건의료의 발전이 영아사망을 줄일 수 있었던 결과다.

기대수명과 관련한 통계에서 가장 흥미로운 결과를 보여주는 나라는 미국이다. 미국은 2012~2017년 사이 세계 거의 모든 나라

인간의 몸과 마음은

즐거움을 증폭시킬 방법을 찾아내어

삶을 최대한 즐기고자 한다.

그 바탕에 건강한 식생활과 의학적 진보, 그리고

모두가 보편적 의료서비스를 받을 수 있게 해주는

보건 복지가 전제해 있다는 점은 공통요소일 것이다.

의 기대수명이 상승하는 동안, 완만한 하강 곡선을 보여준 유일한 나라다. 2012년 78.74세였던 미국의 기대수명은 2017년 78.54세로 0.2세 줄어들었다. 같은 기간 한국의 기대수명은 2세 늘어났고, OECD 국가들은 평균적으로 1세 가량 상승했기 때문에 5년간 지속적인 하향세를 보이는 미국의 기대수명은 지극히 이례적이다.

세계 10대 부호 중 7명이 미국인이고 가장 막강한 군사력을 보유한 최대 강대국이지만, 미국의 기대수명은 미국에 의해 오랜 세월 제재 당해온 쿠바보다도 낮게 나타난다. 한국이 55년 동안 33.4년이나 기대수명을 끌어올렸다면, 미국은 같은 기간에 겨우 10년밖에 상승시키지 못했다. 의학기술은 뛰어나지만 국가의 보건 의료체계가 제대로 갖춰져 있지 않은 불평등 사회 미국의 처참한 의료체계가 빚은 현실이다.

미국의 보건 당국은 줄어드는 기대수명이라는 초유의 사태 앞에서 약물중독이나 자살, 혹은 극성을 부렸던 독감들에서 첫 번째 원인을 찾는다. 2017년 중 약물 남용에 따른 사망자는 7만 237명, 2017~2018년 독감 시즌에 사망자는 6만 1000명에 이르렀다. 그들의 분석이 틀리진 않다. 그러나 왜 미국인들은 유독 독감에 속수무책으로 희생되는지, 왜 그토록 많은 사람들이 만성질환을 지니고 살며, 왜 이 부유한 나라의 성인 40%는 비만인지에 대해서 이들은 직접적으로 말하지 않는다. 독감이 죽음으로 연결되기 위해선 합병증이 결부되거나 지극히 낮은 면역력을 가진 사람들이 독감에 걸렸어야 한다. 미국이 몬산토라는 회사를 중심으로 강력한 제초제 글리포세이트를 만들고, 그에 저항력을 지니는 유전자 조작 농산물 종자를 생산하여 그 두가지를 전세계에 함께 팔아온 결과를 지금 그들은 거두고 있는 중이라고 밖에 볼 수 없다. 콩을 심은 곳에 콩이 나고 죽음을 심은 곳에선 죽음이 자랄 수밖에 없는 것이다.

새해 들어 지구촌은 한순간도 평온하지 못했다. 6개월간 지속되던 호주 화재가 한반도 면적(약 22만km²)의 85%에 해당하는 공간을 태우고 마침내 진화되었다. 그 과정에서 5억 마리가 넘는 동물들이 희생되었다. 화재가 물러가자 코로나 바이러스가 세상을 공포로 뒤덮고 있다. 그런가 하면, 아프리카 사막에서부터 4000억 마리의 메뚜기가 중동을 거쳐 중국을 향해 밀려오고 있다. 이례적인 홍수와 고온이 만들어낸 상상을 초월하는 또 다른 재앙이다. 그 다음엔 또 무엇이 올까.

관동대지진 때 우물에 독을 넣었다며 조선인들을 학살한 일본인들처럼, 세월호 때 정부가 벌인 엉뚱한 유병언 체포 작전처럼, 정작 연이은 재앙의 진원지를 외면한 채 사람들은 화를 낼 대상을 찾고 있다. 이웃을 잘못 두어서 고생을 더 하고 있기도 하고, 유난히 밀착되어 예배를 보는 사이비종교 집단이 이 폭발적 바이러스

전파의 중심에 있기도 하지만, 그 근원의 독은 바로 우리가 피부처럼 밀착하여 지니고 사는 잔인한 자본주의 자체다.

몬산토의 탐욕이 다 죽이는 제초제를 만들어 기름진 땅을 초토화하고 기형의 동물들을 양산했으며, 공장식 축산의 야만이 끝없는 역병들을 유발시켜왔다. 자본의 이윤을 위해 거리낌 없이 자연을 착취한 결과 아마존과 호주는 불탔고, 지나치게 더워진 사막은 주먹만 한 메뚜기 떼를 출연시켜 논밭을 초토화한다. 숱한 죽음 위에 쌓아올린 현대의 자본주의를 우린 어쩔 수 없는 절대적인 삶의 전제인 양 부여잡고 살아왔다. 살처분된 동물들의 시체가 쌓이고 쌓여, 썩고 악취를 풍기며 마침내 우리의 살로 파고드는 것은 당연한 일이다. 인류는 아무 의심 없이 점점 더 저렴해지는 고기들을 먹고, 땅을 파괴하며, 소비의 권리를 충족시켜온 대가를 치르는 중이다. 지금 이 지구적 환란 속에 각자가 해야 할 일은 앞으로를 대비해 마스크를 비축해 두는 것이 아니라, 삶의 모드를 바꾸는 것이다. 우리와 함께 지구를 살아가는 동식물들이 행복하게 공존할 수 있는 방식으로.

우리는 고속 성장을 위해 숲과 나무들을 뽑아 재꼈을 뿐 아니라, 우리 스스로의 뿌리도 미련 없이 잘라내며 살았다. 오직 속도와 성장에 최적화된 생존의 방식만을 찾아. 마을과 공동체를 해체하고, 그 위에 아파트 숲을 건설하는 재개발의 광적인 열망이 온

나라를 뒤덮는 동안 그 어디에도 뿌리내리지 못하고, 공중에 붕 떠 있는 불안한 존재로 사람들은 살아간다. 사람 마음을 온전히 지배하고, 혼까지 장악해버리는 강력한 사교집단들이 창궐하는 건 그런 이유에서일 것이다.

튼튼히 뿌리내린 식물은 자신을 성장시킨 세월 속의 지혜를 뿌리에 저장하고, 숲에 군락을 지어 사는 나무들은 공동체끼리 공생의 지혜를 함께 나누고 상부상조하면서 산다. 인간도 다를 리 없다.

"유기체의 생존을 좌우하는 것은 결국 뿌리다. 격심한 기후변화를 이겨내고 새 가지를 만들어내는 곳도 뿌리다."

독일의 숲 해설가, 페터 볼레벤이 쓴《나무 수업》(위즈덤하우스, 2016)에서 밝히고 있는 바다. 지난 3~4년간 유럽에서 돌풍을 일으키며 널리 읽혔던 이 책은 인류보다 수천만 년 앞서 지구에서 살아왔던 나무들이 가진 지혜를 통해 인류에게 끊임없이 닥쳐오는 재앙을 극복할 지혜를 구하자는 광범위한 자각을 불러일으켰다.

의학의 발전은 인간 신체의 면역력을 인위적으로 강화시킬 수 있겠으나, 사회가 갖는 면역이 구축될 수 있는 시간도, 계기도 아직 마련되지 않았다.

조르주 페렉(프랑스 작가, 1936~1982)은 "산다는 것은 이 공간에서 저 공간으로 최대한 부딪히지 않고 이동하는 것"이라고 했다. 우리가 생존하는 동안 이 지구에 남긴 흔적, 멍들이 너무도 또렷하다. 지구에 한 번 왔다가 가는 존재들이 너무 세게 여기저기를 들이받았다. 이젠 차분히 그 상처들을 보듬고 새 살이 돋아나도록 살필 때다.

여와 남이 함께 오래 살고 싶다면

판 판 판
레코드 판 속 수다 한 판 인생 한 판

김광현 지음 | 나승열 사진 | 232쪽 | 18,000원

지금, 추억과 인생의 판을 돌려야 할 때!
음악밖에 모르는 순정남, 〈재즈피플〉 편집장의
달콤 쌉싸름한 LP 이야기.
레드 제플린에서 냇 킹 콜, 송창식까지
그때를 추억하고 인생의 한 페이지로
마음속 사진을 찍게 하는 30장의 앨범과 노래들.
음악이 없었으면 아무것도 아닐 순간들을 불러와
삶의 한가운데로 자리를 내어주는 '너' 와 '나'의 이야기.
★2019 문학나눔 선정 도서

딱 1년만 쉬겠습니다
격무에 시달린 저승사자의 안식년 일기

브라이언 리아 글, 그림 | 전지운 옮김 | 176쪽 | 17,500원

저승사자에게도 휴식이 필요하다
1초에 전 세계에서 3명이 사망하는 덕에 한 번도 쉬어본 적 없는 저승사자.
쌓여만 가는 직원의 무사용 휴가를 관리해야 하는 회사로부터
1년 안식년 휴가를 쓰라는 메일을 받는다.
'무얼 해야 하지? 나 없이도 회사는 잘 돌아갈까?'
일벌레 저승사자의 스펙타클 환골탈태 안식년 프로젝트!